W0371231

Bernd Schmidt

Ich glaube, dass es Isidor gut geht

Bernd Schmidt

Ich glaube, dass es Isidor gut geht

Illustrationen vom Autor

Edition Strahalm

Für die Unterstützung der Drucklegung dieses Buches
danken wir:

Amt der Steiermärkischen Landesregierung,
Kulturabteilung

Landeshauptstadt Graz,
Kulturreferat

Alle Rechte vorbehalten
© 2000 by Bernd Schmidt, Graz, Austria
ISBN 3-900526-25-7

INHALT

ICH GLAUBE, DASS ES ISIDOR GUT GEHT

Ein Rondo

Wer Isidor heißt, dürfte es im Leben nicht allzu leicht haben. Das könnte man zumindest meinen. Gehört der Name Isidor doch nicht zu den besonders attraktiven. Obschon es sogar zwei heilige Isidore gibt, die jedem weiteren Isidor den rechten Weg weisen könnten. Beide kommen sie übrigens aus Spanien: Isidor der Bauer und Isidor aus Sevilla. Aber nützen die Heiligen in einem Zeitalter der Eiligen? Was soll ein Furchengräber heiligmäßigen Zuschnitts in mäßig heiligen Zeiten, da jeder bloß darauf sieht, selbst den besten Schnitt zu machen? Was ein Sanctissimus, der schon so heilig war, dass er seine Schwester und einen Bruder in den Bund der Himmlischen mithievte, in Zeiten, da die meisten sogar in Sachen Himmelfahrt allein auf sich schauen? Was sollen oder können sie uns Heutigen wirklich noch sagen, die Heiligen? Traurig aber wahr: nicht besonders viel. Oder?!

Wer Isidor heißt, so führten wir eingangs aus, dürfte es im Leben nicht allzu leicht haben. Und doch – der Name Isidor hat auch seine Meriten. Ich erinnere mich daran, dass wir ihn in größter Not beim beliebten „Stadt-Land"-Spiel unserer Kindheit anwandten. Denn die vergleichsweise attraktiveren Vornamen Isabella, Igor und Irene hätten, nahmen wir zumindest an, die anderen Mitspieler ohnehin bestimmt schon geschrieben; weniger Punkte wären bei deren Notation also die Folge gewesen. Für Isidor, wenn man ihn als Einziger notierte, gab es zwanzig Punkte.

Isidor war aber auch ein Bub aus der Nachbarschaft. Er wurde gehänselt, weil er rothaarig und entsprechend sommersprossig war. Außerdem, und das war wohl der Hauptgrund aller ihm erwachsenden Unbill, hatte er einen Klumpfuß, dem er seinen hinkenden Gang verdankte. Wir nannten den Buben meist „Eselsohr" statt Isidor. Und er weinte oft. Dann holte er, tatsächlich, so was gibt es!, seinen älteren Bruder zu Hilfe, und der verdrosch denjenigen von uns, der am nächsten stand oder am langsamsten laufen konnte. Doch Isidor blieb, je mehr der Bruder zuschlug, unser beliebtestes Quälobjekt. Isidor mit dem Klumpfuß, der roten Igelfrisur und dem Meer von Sommersprossen im Gesicht.

Meine Eltern, die Geschwister und ich zogen, als ich zwölf oder dreizehn war, in einen anderen Bezirk. In eine „bessere Gegend", wie meine Mutter immer sagte. Dort lernte ich andere Jugendliche kennen, und wir hatten natürlich auch neue Schulkameraden. Meine beiden älteren Schwestern mussten sogar in eine piekfeine Klosterschule gehen. Ich und Rudi, mein um ein Jahr jüngerer Bruder, kamen in ein vergleichsweise strenges Gymnasium und trauerten den um vieles lockereren Zeiten von früher nach.

Von Isidor hörte ich gut dreißig Jahre später wieder. Ich hatte eben am Vorabend – welch ein Zufall! – mit den Kindern und meiner Frau auf Wunsch der Jüngsten „Stadt-Land" gespielt. Und bei Vornamen mit I – Isidor geschrieben. Und prompt zwanzig Punkte eingeheimst. Einen Tag danach sollte ich also Isidor tatsächlich und leibhaftig vor mir sehen. Isidor, den ich als rothaarigen und sommersprossigen Buben mit Klumpfuß in (nur schwacher) Erinnerung hatte.

„Sie können bestimmt helfen, Herr Senatsrat", sagte er, allem Anschein nach in teures Tuch gekleidet, mit Kaschmir-Sakko und Designer-Hose, mit genagelten Schuhen, exquisitem Hemd und überaus modischer Krawatte. „Zumindest äußerte sich unten der Portier in solcher Weise, als ich um Auskunft fragte. Auch die Damen in Ihrem Vorzimmer sagten mir, dass –"
Er machte einen Schritt. Humpelte. Die Maßschuhe erklärten sich somit – er hatte ja einen Klumpfuß ... Dennoch, eine so elegant umhüllte Behinderung hatte ich noch nie gesehen!
„Worum geht es?", fragte ich, nachdem ich meinem Besucher durch ein Handzeichen Platz angeboten hatte, und sah ihm in das sommersprossige Gesicht. Das Rothaar des Endvierzigers war gepflegt. Ein unbestimmter Duft – wie nach nicht zu schwerem französischem Parfum – lag in der Luft und erfüllte bald mein Bürozimmer.
„Sehen Sie", hob er an, „mein Name ist Rothenberger, Isidor Rothenberger ..."

Natürlich, Rothenberger hatten sie geheißen. Rothenberger. Und der Vater war so etwas wie Schausteller gewesen ..., Ringelspielbesitzer. Oder Autodrom – ? Nein: Ringelspielbesitzer. Wenn er nämlich ein Autodromunternehmen geführt hätte, wäre Klein-Isidor von uns kaum so übel mitgespielt worden; schon wegen der möglichen Autodromfreikarten bei Frühjahrs- und Herbstmessen. Da gastierte Rothenberger sen. nämlich immer im Vergnügungspark. Sonst war er stets auf Achse. Und sie, die Mutter Rothenberger, eine ehemalige Zirkustänzerin (oder war sie Varieté-Girl gewesen?), trieb es angeblich mit jungen Kerlen. (Aber was das genau sein sollte, dieses Treiben, wussten wir damals natürlich noch nicht ...)

„Und ich", fuhr der elegante Isidor fort, „möchte ein Lokal eröffnen. Ja, und Sie seien da zuständig, Herr –"
„Ja, das fällt unter anderem in unsere Kompetenz", beeilte ich mich, ihm zu antworten. Irgendwie wollte ich, ein Reflex wohl, verhindern, dass er meinen Namen aussprach. (Er hatte ihn vermutlich ohnehin an der Tür gelesen oder von einer der Vorzimmerdamen erfahren, aber ...) Die Erinnerung an die Quälereien der Kindheit, die ich und andere an Isidor verübt hatten – wobei ich vermutlich nicht einmal der Ärgste von allen gewesen war –, ich wollte sie wahrscheinlich nicht aufkommen lassen. Als ob ausgerechnet der Name Moosberger die Schleusen der Reminiszenz geöffnet hätte; da sie vermutlich ohnedies bereits sperrangelweit offen standen?!

„Ich war lange im Ausland, habe viel in Frankreich gearbeitet ... Hier sind die Unterlagen, ich hoffe, vollständig, Herr Senatsrat Dr. Moosberger." Isidor erhob sich und breitete ein Konvolut von Formularen, Unterlagen, Urkunden et cetera vor mir auf meinem Schreibtisch aus.
„Und hier ist meine Karte." Er reichte mir das glänzende Papier. „Da wohne ich – vorläufig."
Ich nahm die goldgerandete Visitenkarte in die Hand. Unter dem ebenfalls goldgedruckten Namen stand, mit Filzstift? nein, mit Tinte! hinzugefügt, „c/o Palast

Hotel“ und die Adresse des vornehmen Fünf-Sterne-Hauses.

„Herr Rothenberger –“

„Wir kennen uns, glaube ich, von früher“, fiel mir mein Gegenüber ins Wort, nun wieder aus dem Besuchersessel heraus. „Herr Dr. Moosberger, haben Sie nicht vor ..., na, fast vierzig Jahren draußen, in der Schwarzstraße gewohnt? Draußen –“

„Ja, Herr Rothenberger, ja –“ Ich wusste nicht, sollte ich aufstehen, den „Freund“ aus Kindertagen – wir waren zwei oder gar drei Jahre lang sogar in dieselbe Volksschulklasse gegangen – umarmen? Ihm auf die Schulter klopfen? Oder –

„Dich hat der Benno nur drei, vier Mal verhauen können; du warst zu schnell, Emil!“

Isidor war es, der den Bann gebrochen hatte. Also erhob ich mich rasch und reichte ihm, der sich ebenfalls wieder erhoben hatte, die Rechte.

„Entschuldige bitte ..., das alles ..., damals, das war sehr – äh – grausam von uns ... Ja, grausam! Dir gegenüber!“

„Schon gut! Was uns nicht umbringt, macht uns nur härter, nicht wahr?! Und ihr habt mich, weiß Gott!, malträtiert! Aber – vergessen und vergeben! Ehrlich!“

Jetzt war schließlich er es, der mir auf die Schulter klopfte. Ich zuckte unwillkürlich zusammen.

„Also, du bist so nett und verständigst mich, dass alles O. K. ist?“

„Natürlich, ich werde schauen, dass die Angelegenheit möglichst rasch und ohne Komplikationen über die Bühne geht, lieber Isidor! – Was soll es denn überhaupt werden?“

„Oh, ich hoffe, es wird dir gefallen – und all den anderen Feinschmeckern in der Stadt auch! Ein typisch französisches Lokal; klein aber fein, mit exquisiter Küche und ebenso exquisiten Weinen, du verstehst ..."

„Hm", machte ich, eher versonnen. „Übrigens, wenn du möchtest, besuch' uns doch einmal, Isidor", ich dachte insgeheim „Eselsohr", „meine Frau, die Kinder und ich – wir würden uns sehr freuen!" Und ich nestelte eine Visitenkarte aus meiner Brieftasche, um sie ihm zu reichen.

„Gerne", sagte er, den Text überfliegend, „Herr Senatsrat!"

Wir lachten beide. Dann humpelte Isidor aus dem Zimmer. Im letzten Moment, knapp vor der Tür, drehte er sich nochmals zu mir. „‚Eselsohr´ habt ihr mich damals immer genannt. Das hat weh getan, ‚Eselsohr' ..."

Dann schloss sich die Tür.

„Dass du mir ausgerechnet einen Super-Koch zum Essen einladen musst", stöhnte meine Frau. „Nein, wirklich ...!"

„Gundi, bitte! Isidor erwartet sicherlich kein achtgängiges Hauben-Menü von uns, und du bist doch eine ausgezeichnete Köchin!" Ich küsste sie.

Sie runzelte die Stirn und setzte die Brille wieder auf. Dann blätterte sie weiter in einem Kochbuch, das sie dem ansehnlichen Berg von Kochbüchern entnommen hatte, der sich seit einigen Tagen neben unseren Ehebetten, auf ihrer Seite genauer gesagt, auftürmte und schon etwas bedrohlich wirkte.

Kochen und Essen waren seit Jahren unser gemeinsames Hobby, was sich in ein paar – von Banausen vermutlich als „überflüssig" bezeichneten – Kilos niederschlug; mehr bei mir, wobei „überflüssig" auch mit meinen „flüssigen" Sünden in Form guter Brände und Ähnlichem zu tun hatte. Ohne Zweifel.

SAN iS ISIDOR
2000

„Dir wird schon was Passendes einfallen ..." Ich war müde, ehrlich müde. Und Gundi war beim Schmökern gerade zum Prachtband „Zu Gast bei Toulouse-Lautrec" gelangt, der phantastische Rezepte des genialen Malers und Lebemannes und seiner Zeit enthielt. Vom missgestalteten bärtigen Maler war es in meinen traumgetunkten Gedanken gar nicht allzu weit zum klumpfüßigen Isidor, rothaarig und sommersprossig, den wir uns da eingeladen hatten – zum köstlichen Mahl ...

Der Abend hatte wenig erfolgversprechend begonnen und endete, wie es die Ouvertüre verheißen hatte. Schwankend zwischen Aalragout („Matelote d´anguille"), Jakobsmuscheln mit Knoblauchbutter („Coquilles Saint-Jacques à l´ail confit") und marinierter Hammelkeule („Gigot trempé"), entschieden wir uns schließlich für zwei Entenbrüste in Meersalzkruste („Due de maigrets en coque del sel").

Die Kinder hatten wir über das Wochenende bei Gundis Eltern untergebracht – sehr zur Unzufriedenheit Renés, der mit seinen 18 zwar ungern daheim (weil von der „Budenunabhängigkeit" nach der bald abzulegenden Matura träumend), aber auf ein „steiles Schlemmermenü" umso schärfer war. Yvonne indes war gerne zu Oma und Opi gefahren; mit ihren 15 hielt die eingefleischte Mc Donald's-Freundin ohnehin nicht viel von Entenbrust in Meersalz oder gar von Aalragout. Und von Nicole, dem 13-jährigen Essenszauderer in der Familie, war ihr jede Unterstützung sicher ...

Gundi hatte sich quasi in Küchenklausur begeben. Auberginen sollte es geben (nach Art von Beziers) als Vorspeise. Dann besagte Entenbrüste. Zum Nachtisch hatten wir uns nach zähem Ringen auf einen Zitronenkuchen („Tarte au citron") geeinigt; der gestürzte Apfelkuchen und das Vanillesoufflé waren solcherart aus dem kalorienreichen Rennen.

Mir war nicht nur die heikle Aufgabe der Weinwahl überlassen worden, ich schaute mich auch um ein paar gute Cocktail-Rezepte um. Auf den Spuren Charles Schumanns und seiner „American Bar" wandelnd, entschloss ich mich zur angepriesenen Champagner-Variante „Alfonso" – wäre jedoch in einem Wunschfall Isidors selbstverständlich auch mit anderen Köstlichkeiten rausgerückt. Auch eigene Rezepte, in langjährigem Mixen erprobt, standen gegebenenfalls zur Verfügung. Oder vielleicht – Champagner pur?

War es das Probieren und Kosten gewesen? Ich merkte, dass ich einen ziemlichen Pegel hatte. Und sogar Gundi, in unserer geräumigen Küche werkend, ging (auch ohne Alkoholzufuhr) nicht alles so von der Hand, wie sie es sich erhofft hatte – kurz: Unsere Laune war entsprechend.
Als es an der Tür läutete, ging ich, um zu öffnen. Und das nicht eben strahlend.
„Eselsohr" hätte ich uns eigentlich ersparen können, dachte ich. Notabene, wo ohnedies alles funktioniert hatte mit seiner Gaststättengenehmigung, auch ohne viel Intervenieren meinerseits ...

„Hallo!" Er drückte mir eine Flasche „Veuve Clicquot-Ponsardin" in die Hand. „Für dich, Emil! – Ja, für deine Frau Gemahlin dies", und ein Blumenstrauß, der üp-

pige Pracht mit dezenter Noblesse verband, wanderte in meine andere Hand.
„Danke! Besten Dank! Aber komm doch erst rein, Isidor!" Ich schloss hinter ihm ab und wies, mit Blumenstrauß und Champagner-Flasche bewaffnet, dem Hinkenden den Weg ins Wohnzimmer.
„Danke!"

Der erste Fehler meinerseits – ich hatte Isidor mit meiner Frau bekannt gemacht, und die beiden parlierten, in den ledernen Polstersesseln sitzend, allem Anschein nach recht angeregt miteinander –, mein erster und entscheidender Fehler also war, dass ich beim Zubereiten des Cocktails einiges an Zutaten auf den Perserteppich, ein Erbstück von Gundis Familie, schüttete. (Das gute Stück hatte, glaube ich, einer Tante Amalie gehört. Oder Leokadia?) Der Blick, den mir Gundi in der Folge durch ihre hübsche Brille zuwarf, war alles andere als Gutes verheißend. In Sachen Familienstücke ist sie nun einmal pingelig.

Als ich mit dem – mehr als stümperhaften – Beseitigen der Folgen meines alkoholbedingten Überschwanges in Richtung Teppich fertig war, das mich für Minuten völlig in Anspruch genommen hatte, fand ich Isidor, unseren Gast, und meine Frau in einem sehr intensiven Gespräch wieder. Die „Ahas" und „Ohos" von Gundis Seite schienen kein Ende nehmen zu wollen, und Isidor griff sich ein ums andere Mal beide Hände meiner Frau, um eine neue Fassette seiner – ohne Zweifel – überaus spannenden Erzählung aus der Pariser Gastro-Szene et cetera durch entsprechenden Druck zu verstärken.

So weit – noch gut. Immerhin, ich vergoss in der Folge bloß etwas Chablis – nicht auf den besagten Familienteppich der Anderhubs, also der Altvorderen meiner Frau, sondern auf die Marmorfliesen rund um unseren kleinen Kamin. Die Entenbrüste (à la T. L.) erwiesen sich als ziemlich zäh, was aber sicherlich nichts mit dem Malgenie und dem Rezept zu tun hatte. Doch Isidor war ein pietätvoller Esser – und ein amüsanter Erzähler. Von Frankreich, wohin es ihn nach absolvierter Kochlehre verschlagen hatte, war die Rede. Auch von einer Varieté-Tänzerin (oder Chansonniere?) in Paris, die den jungen Rotschopf magnetisch in ihren Bann gezogen hatte. Manches liegt eben in der Familie. Ich hatte entsprechende CDs aufgelegt. Und musste mehrmals (und wohl auch unpassend) lachen, dachte ich doch an den klumpfüßig der vermutlich – zumindest vergleichsweise – engelhaften Gestalt hinterher hüpfenden Isidor! Ich musste mich fast übergeben, derart prustete ich los ... Gundi wirkte alsbald mir gegenüber äußerst gereizt und übel gelaunt; ganz Ohr hingegen blieb sie, was die charmanten Erzählungen unseres Gastes betraf; obschon die doch auch ziemlich abgeschmackt waren. Ja, Frankreich, zumal Paris, hatte „Eselsohr" regelrecht zu einem Weltmann geschmiedet. Das musste dem rothaarig-klumpfüßigen Dachs der Neid in der Tat lassen.

Er würde, so kristallisierte es sich bei Cognac und Mokka – letzterer machte mich wieder etwas nüchtern – heraus, am nächsten Tag seine Sachen aus dem „Palast Hotel" holen; heute wollte er schon einmal so bei uns übernachten. Ich sollte in die Kammer, auf das ausrangierte Sofa übersiedeln. Das schlug Isidor vor; während Gundi einen sofortigen Auszug meinerseits aus unserer, von ihren Eltern, wie sie nicht zu betonen vergaß, vor Jahren großzügig vorfinanzierten gemeinsamen Wohnung ins Gespräch brachte. Isidor und Gundi schienen, außer was die Strenge mir gegenüber betraf, überhaupt ein Herz und eine Seele zu sein, saßen Hand in Hand und Aug´ in Aug´ auf unserem neuen Ledersofa und verabschiedeten sich alsbald in unser Schlafzimmer. Ich blickte, erneut betrunken, was wohl auf den französischen Cognac zurückzuführen war, den beiden etwas melancholisch nach. Und es hatte kurz den Anschein, als passe sich meine Frau dem Klumpfuß-bedingten Hinken unseres Gastes an: Auch sie holperte, so glaubte ich, Isidor-gleich dahin ... Ich rollte mich auf den malträtierten Teppich und entschlummerte alsbald.

Isidor lebte nun bereits gute zwei Monate bei uns. Ich hatte mich an das Dasein in der Abstellkammer schon fast gewöhnt – nur dass ich vom abendlichen Fernsehen ausgeschlossen war, störte mich. Doch dann, Isidor hatte den Plan der Lokalgründung längst aufgegeben und ging nunmehr die fünfte oder sechste Woche meiner früheren Beschäftigung im Amt nach, steckten mich Gundi und Isidor – ohne dass etwa die Kinder dagegen protestiert hätten! – in diese Nervenklinik von Prof. Dr. Herch. Hier ist es zwar (oder machen mich das nur die starken Medikamente glauben?) sehr ruhig und soweit ganz angenehm; dennoch komme ich schwer über all die Ereignisse im Zusammenhang mit der Erinnerung an Isidor und sein plötzliches Wiederauftauchen hinweg. Er, der jetzt gleichsam ich ist, hat er es leichter? Ich weiß es nicht.

Gundi war einmal kurz zu Besuch hier. Sie erzählte, dass Isidor gern mitgekommen wäre, aber sie ihn daran zu hindern gewusst habe: Schließlich wäre er – zumindest teilweise – ohnehin auch hier in der Anstalt. Sie glaube überhaupt mitunter, er und ich seien identisch. Dann ging sie wieder – mit ihrem typischen Hinkegang. Dass mir ihr Klumpfuß früher nie aufgefallen war ... Seltsam.

Dr. Herch hat mir empfohlen, alles aufzuschreiben, was mir zu Isidor, Gundi, den beiden Entenbrüsten in Meersalzkruste („Due de maigrets en coque del sel") und – vor allem – zu mir selbst einfalle. Und das tue ich jetzt auch konsequent. Gundi hat mir, ein Geschenk von Isidor, wie sie versicherte, einen Packen Schreibpapier mitgebracht. Das ansonsten weiße, unlinierte Papier trägt meinen Namen, links oben. So würde ich, meint Gundi, mit dem Namenszug ausgewiesen, gewissermaßen einen Brief um den anderen an mich selber schreiben.

Als Prof. Dr. Herch, hinkend, wie gewohnt, an seinen Schreibtisch zurückkehrte – er hatte eben einem besonders anstrengenden Patienten in der „Geschlossenen" eine Beruhigungsspritze verabreichen müssen –, sah er ein paar unbeschriebene weiße Blätter Papiers auf dem Boden seines Büros liegen. Ein abendlicher Windstoß hatte sie wohl vom Tisch geweht. Gedankenvoll hob er sie auf. Sie waren leer; doch oben, da prangte der Briefkopf: „Dr. Isidor Herch, Psychiater" stand da. Der Doktor lächelte. Dann setzte er sich hin und begann zu schreiben.

„Wer Isidor heißt, dürfte es im Leben nicht allzu leicht haben. Das könnte man zumindest ..."

DER ABFLUSS

Eine wässrige Erzählung

Das hatte gerade gefehlt. Als ob er nicht ohnedies schon genug um die Ohren hatte. Jetzt auch das noch. Erst war er der Annahme gewesen, nur der Abfluss des Waschbeckens im Badezimmer, das er und seine Frau zu benutzen pflegten, sei verstopft. Aber es kam weit schlimmer: Alle vier Bäder wie auch die Klosettanlagen in der Villa, die Wasserabflüsse in der Küche, im Keller und im Gästebadezimmer waren außer Funktion. Natürlich – vermutete er – auch der Abfluss im Badezimmer seiner Tochter, die er auf seinem ersten sorgenvollen Rundgang durch die Villa noch nicht wecken hatte wollen. Zunächst waren es die Abflüsse gewesen; dann kam auf einmal gar kein Wasser mehr. Fazit: Halb rasiert, gänzlich ungeduscht – und kein bisschen Wasser! Es war zum Verzweifeln – oder zum In-die-Luft-Gehen! Sogar das WC im angeblich bombensicheren Schutzraum hatte den Geist aufgegeben. Vonwegen – bombensicher.
Und Samstag war es. Und seine Tochter würde am frühen Nachmittag ihre Verlobung feiern. Und an die siebzig Leute hatten sich angesagt.
Und – die gesamte Wasserinstallation war, sozusagen, im Eimer.

„Hallo? Ja, Herrn Schneider, bitte ... dringend! – Ob ich was –? Natürlich weiß ich, dass es Samstag ist! Und sieben Uhr früh! Verdammt, sieben nach sieben, exakt!"

Die Stimme am anderen Ende der Leitung gehörte der Haushälterin der Schneiders. Einer gewissen Eder – oder Edler?

„Hören Sie, holen Sie bitte Herrn Schneider! Rasch! – Ah, er duscht gerade?!"

Da hat er mir allerdings was voraus, dachte Dr. Aichholzer nicht ohne Sarkasmus. Installateur müsste man sein!

„Herr Schneider hat bei uns die gesamte Installation gemacht vor einem halben Jahr! – Was? – Ja, Aichholzer spricht hier, Doktor Aichholzer, ja ..."

Na, endlich, dachte er und wischte sich die Schweißperlen von der immer noch ungewaschenen Stirn.

Es verstrich einige Zeit, bis der geduschte Installateurmeister an den Apparat kam. Hans Aichholzer dachte, jetzt endlich wisse er, warum man so gerne von sauberen Geschäften sprach ... Er grinste unwillkürlich und wischte sich ein Traumkorn aus dem linken Auge. Traumkorn, so hatte seine Mutter immer gesagt, wenn er als kleiner Bub der frühmorgendlichen Waschprozedur zu entgehen versucht hatte, sie ihm aber auf die Schliche gekommen war. Das Corpus delicti war das winzige Traumkorn gewesen. Oder es waren ihrer gar mehrere ... Damals ...

„Schneider!" Die Stimme klang nicht unhöflich, aber eben auch nicht überfreundlich. „Sie wollten mich sprechen, Herr Doktor?"

„Ja, Herr Schneider. Und entschuldigen Sie bitte die Störung. Ich weiß, es ist Samstag und kurz nach sieben, aber –"

„Ah, das mit dem Samstag wär´ halb so schlimm", die Stimme des Installateurs verdunkelte sich leicht, „aber Sie müssen wissen, heute feiert mein Sohn seine Ver-

lobung. Und da steigt am frühen Nachmittag schon ein Riesenfest. Meine Frau und ich haben dann alle Hände voll zu tun. – Aber, Herr Doktor, warum rufen Sie an?"
„Hm. So ein Zufall, bei uns steigt heute auch eine Verlobungsparty! Meine Tochter Sibylle –"
„O meine herzliche Gratulation! So eine Überraschung! Starker Verlobungs-Samstag, was?!" Und Schneider lachte ein ehrliches Vaterlachen.
„Ja. Danke. – Aber die Sache hat leider einen Haken ... Der Abfluss ..., alle Ab- und Zuflüsse im Haus sind hin! Verflucht! Alle, verstehen Sie, Herr Schneider? Alle!"
Am anderen Ende herrschte Stille. Vermutlich ließ der Installateur die Botschaft erst einmal auf sich wirken. Dann sagte er zögernd: „Aber, ich habe doch selbst alles überprüft, vor –"
„Vor knapp einem halben Jahr, wie wir die Villa bezogen haben! Ja, Sie waren so freundlich, selbst alles zu überprüfen ..."
„Und es war alles in bester Ordnung!", beeilte sich Schneider hinzuzufügen. „Also, jetzt plötzlich sollte –"
„Jetzt? Ja, jetzt hab´ ich die Bescherung! – Sie müssen kommen, Herr Schneider! Bitte!" Und Dr. Aichholzer wies erst gar nicht auf die bedenklich kurze Zeit hin, die seit der Fertigstellung der gesamten Zu- und Ableitungsarbeiten durch die Firma Schneider & Co. und dem jetzigen, überaus unerfreulichen Zustand der quasi lückenlosen Funktionsuntüchtigkeit im Bereich der sauteuren Wasserinstallationen vergangen war. Immerhin – Schneider hatte sich nicht gerade als Diskonter in der Preisgestaltung erwiesen. (Im Gegenteil: Hans erinnerte sich noch an einige nicht ganz fried-

volle Diskussionen zwischen ihm und dem Handwerker: „Wo ist denn der vierte Mann, der auf den Rechnungen aufscheint? Ich und meine Familie sehen jedes Mal, wenn wir auf der Baustelle sind, bloß drei Männer arbeiten ...?!" – „Aber, Herr Doktor, den vierten Mann, den können Sie praktisch gar nicht sehen: Das ist der Fahrer, der karrt ja ganz in der Früh die Leute zur Baustelle hin, bringt Material und so ..." – „Und so ... Und den verrechnen Sie überall und jedes Mal aufs Neue, diesen ominösen vierten Mann?! Der fährt ja mindestens zwei Bautrupps in Ihrem Firmenbus ..." – „Wo denken Sie hin! Aber der vierte Mann ist wichtig!" – „Ja – für Ihr Geschäft!" Und Hans war gereizt.)

„Schauen Sie, Herr Doktor, es ist Samstag ... Ich habe meine Leute nicht bei der Hand ... Wirklich ... Tja ... Und dann, bester Herr Doktor: Mein Sohn, Herberts Verlobungsfeier ... Wir erwarten gut fünfundzwanzig Gäste! Ich kann meine Mathilde – Mathilde ist meine Frau –, ich kann sie einfach nicht allein lassen in diesem ganzen Trubel!"

„Ich habe keinen Abfluss! Es gibt keinen Tropfen Wasser im ganzen Haus! Und Erna – äh, meine Frau –, meine Tochter Sibylle und ich, wir erwarten siebzig –"

Pause am anderen Ende der Leitung. Danach hörte er Schneider sagen: „Haben Sie schon versucht, die Leute vom Technischen Notdienst –"

„Ah, hören Sie doch auf mit denen! Das dauert Stunden, bis die anrücken ... Und dann: Die kennen sich ja im Haus gar nicht aus! Machen bloß Dreck überall! Stemmen die Fliesen auf – o meine Frau, die wird wahnsinnig! Ja, Erna ist hypersensibel! Und Sibylle?! Die kriegt auch einen Schock ... Um 15 Uhr kommen die Gäste, wir wollen ja den Tag erst noch draußen auf

der Terrasse genießen! (War ja teuer genug, die Anlage, nicht?! Wobei die Abflüsse a priori für nichts und wieder nichts waren! Falsch gesetzt! O Handwerker!) Und dann – drinnen, das Essen! – Sie müssen was tun, Herr Schneider! Bitte!"
Schneider seufzte. „Herr Doktor, unser Tagesablauf heute ist nicht viel anders! Und Mathilde bereitet längst schon in der Küche gemeinsam mit Frau Edlinger alles vor! Unsere Gäste kommen auch gegen drei, verdammt!"
Aber du hast ein Scheißhaus, in dem das Wasser plätschert, eine Dusche, jede Menge funktionierender Abflüsse, dachte Hans grimmig, während er sich über die Bartstoppeln am Kinn strich. Und der vierte Mann lag ihm auf der Zunge.
„Es wird nicht gehen, wirklich ..."
Da war etwas Zögerndes in Martin Schneiders Stimme. Der Anwalt merkte es sofort und hakte ein: „O. K. Ich mach´ Ihnen ein Angebot! Sie kommen her und sehen sich die Bescherung einmal an. Und dann –"
„Nein", stöhnte der Meister, „das kann Stunden dauern, bis ich den Grund für Ihre Kalamitäten entdeckt habe! Und dann erst die Arbeit! So etwas kann sich hinziehen, Sie wissen doch –"
Und ob. Hans Aichholzer wusste. Und der vierte Mann saß nunmehr ganz nahe am Innenrand seiner Unterlippe. Schneider schien ebenfalls genervt. „Verstehen Sie, bitte! Wir –"
„Sie kommen einfach mit allem hierher zu uns! Mit Ihren Sachen und mit Ihren Gästen! Natürlich können Sie auch Ihre Vorräte mitbringen und Ihre Frau Eder!"
„Edlinger", verbesserte Schneider. „Sie glauben doch nicht im Ernst, Herr Doktor?! Wir können doch nicht

bei Ihnen unsere Verlobung – also die von meinem Herbert mit seiner Sonja ... Und die Gäste, die dreißig?!"
„Fünfundzwanzig ... und unsere siebzig – kein Problem!"
Aichholzer hatte an der Stimme des anderen gemerkt: Jetzt würde der bald anbeißen, mürbe, wie Schneider schon war ...!
Zudem – die Gesellschaft, die Aichholzers erwarteten, war ohnedies ziemlich langweilig; ihre Verwandtschaft, Sibylles Freundinnen mit ihren Freunden; dann die Angehörigen von Edgar, dem Zukünftigen, der auch alles andere war als ein Entertainer ..., o Gott! Vielleicht war die Installateurs-Clique origineller?! Origineller als diese Schlafmützen-Partie immer noch! Verdammt! Und noch etwas: Einen in Maßen patenten Handwerker in Zukunft gegebenenfalls vermitteln zu können ..., nur seinen Freunden, seinen wirklich guten, versteht sich? War das nichts?!
„Und während die anderen Cocktails schlürfen, no, da räumen Sie ein bisschen im Geröhre `rum, mein lieber Meister Schneider! Ich höchstpersönlich werde Ihnen assistieren! Und auch wir werden sicherlich nicht im Trockenen bleiben!"
Das Stöhnen am anderen Ende der Leitung klang wie von einer zur Strecke gebrachten Wildsau.
„Und von Garantie wollen wir erst gar nicht reden", Hans pfiff den vierten Mann endgültig zurück aus der Mundsphäre, wo es gefährlich hätte werden können – von wegen Ausspucken desselben und so. „Samstagsarbeit weiß ich zudem entsprechend zu honorieren ... Außerdem – meine Bar und mein Keller stehen Ihnen offen, Herr Schneider! Na, was ist?!"

Ein letztes Seufzen. „In Ordnung, ich schau´ mir alles an. – Aber, ich warne Sie: Meine Meute verdrückt vermutlich mehr als Ihre feine Gesellschaft!"
„Keine Bange! – Auf bald!" Und Hans legte den Hörer auf.
Den hab´ ich also weich gekriegt, dachte er mit behaglich breitem Grinsen.

„Scheiße! Die Spülung im Klo geht nicht!", hörte er hinter sich die aufgebrachte Sibylle.
„Ich weiß", sagte Doktor Aichholzer.

Das Telefon klingelte. Wer konnte das bloß sein – um ein paar Minuten nach sieben? Frau Edlinger runzelte die Stirn, während sie den Hörer zum Ohr nahm. „Hier bei Schneider ..."
„Hallo? Ja, Herrn Schneider, bitte ... dringend!"
Aha, dachte sie, wahrscheinlich einer der Gäste von Nachmittag. Eine Absage in letzter Minute, wie? Hm, weniger Arbeit ... Man musste das einfach positiv sehen. War ohnehin ein Wahnsinn, die ganze Verlobungs-Festivität ...
„Hören Sie, es ist Samstag! Sieben Uhr früh noch dazu!" Frau Edlinger vermochte das Runzeln ihrer Stirn wirkungsvoll in ihre Stimme zu verlegen.
Dass es Samstag sei, wisse er, meinte indes der Anrufer. „Hören Sie, holen Sie bitte Herrn Schneider! Rasch!"
„Duscht gerade", erwiderte die Haushälterin lakonisch.
Jetzt erzählte der Aufgeregte am anderen Ende der Leitung irgendwas von „gesamter Installation", die Herr Schneider bei ihm gemacht habe. Und das um sieben Uhr in der früh .... Und: Aichholzer, Doktor Aichholzer heiße er.

UNGE
WASCHEN

Also schlurfte sie zum Badezimmer, klopfte an und teilte dem duschenden Installateur die Fakten mit. Der, nach vollendeter Reinigung, im blaugrünkarierten Bademantel zum Telefon geeilt (und eine Wasserspur die Strecke entlang hinterlassend), gebot ihr durch eine Geste, in die Küche zurückzukehren.
„Schneider!", sagte der triefende Schneider, den Hörer klitschnass machend, und bemühte sich um einen möglichst neutralen Ausdruck in seiner Stimme. „Sie wollten mich sprechen, Herr Doktor?"
„Ja, Herr Schneider. Und entschuldigen Sie bitte die Störung. Ich weiß, es ist Samstag und kurz nach sieben, aber –"
Schneider versuchte dem anderen zu erklären, dass ihm der Samstag eigentlich ziemlich scheißegal sei; nur die Verlobungsfeier Herberts, seines Sohnes, am frühen Nachmittag ..., da hättenie – also, er und seine Frau und Frau Edlinger – alle Hände voll zu tun!
„Hm. So ein Zufall", vernahm er von Doktor Aichholzers Seite, „bei uns steigt heute auch eine Verlobungsparty! Meine Tochter Sibylle –"
Schneider gratulierte. Eigentlich tat ihm der Doktor leid – angesichts des mit solchen Feiern verbundenen Stresses. Doch der hatte ja noch ganz andere Zores, sollte er sogleich vernehmen: Kein Wasser im ganzen Haus! Die Zu- und Abflüsse bei Aichholzers waren allesamt im Eimer!
„Alle, verstehen Sie, Herr Schneider? Alle!"
Der Installateur verstand nur zu gut. „Aber", sagte er zögernd, „ich habe doch selbst alles überprüft, vor –"
„Vor knapp einem halben Jahr, wie wir die Villa bezogen haben! Ja, Sie waren so freundlich, selbst alles zu überprüfen ..."

Klang da am Ende leiser Tadel mit? Wollte dieser Doktor Aichholzer vielleicht seine Arbeitsweise bekritteln?! Ignoranten! – Immerhin beeilte Schneider sich hinzuzufügen: „Und es war alles in bester Ordnung! Also, jetzt plötzlich sollte ..."
„Jetzt? Ja, jetzt hab´ ich die Bescherung!", vernahm er die keuchende Stimme des Anwalts. „Sie müssen kommen, Herr Schneider! Bitte!"
Schneider erinnerte sich der Querelen, die mit diesem – zugegeben – lukrativen Großauftrag verbunden gewesen waren (unter anderem daran, dass sich Doktor Aichholzer in penetranter Weise mehrmals um den vierten Arbeiter erkundigt hatte. Er und seine Familie sähen, wenn sie auf der Baustelle der Riesenvilla weilten, stets nur drei Männer am Werk. – Er hatte ihn aufklären müssen: „O Herr Doktor, den vierten können Sie praktisch gar nicht sehen: Das ist der Fahrer, der karrt in der Früh die Leute zur Baustelle hin, bringt Material und so ..." Doch der Anwalt war ein ungläubiger Thomas geblieben; unterstellte, er, Schneider, schaue auf seinen Vorteil. Ja, der vierte Mann würde wohl mehrere Bautrupps transportieren – und überall mitberechnet werden?! – Sowieso, Herr Doktor, genau! – Knickriger Star-Anwalt, Arschloch! Pah! So sind nun einmal die Regeln ...).
„Schauen Sie, Herr Doktor, es ist Samstag ... Ich habe meine Leute nicht bei der Hand", log Schneider. In Wahrheit waren Huber, Schönauer und Wegrostek immer auf Abruf bereit – und das übers ganze Wochenende: Pfusch, mit Segen (und Beteiligung) des Herrn Installateurmeisters ... „Wirklich ..." Und Lindinger, der hätte sich mitten in der Nacht irgendwo hinschicken lassen – so geldgierig war der junge Familienvater! Nein, Star-Anwalt Aichholzer sollte schon bitten;

dann würde man weiter sehen. – „Und dann, bester Doktor: Mein Sohn, Herberts Verlobungsfeier ... Wir erwarten gut fünfundzwanzig Gäste! Meine Mathilde – Mathilde ist meine Frau –, ich kann sie einfach nicht allein lassen in diesem ganzen Trubel!"
Er habe keinen Abfluss und seine Frau Erna sowie Sibylle, das Töchterlein, erwarteten siebzig Gäste! – So ein Aufschneider, dachte Schneider. Warum nicht gleich hundert?! – Nun ja – reich war dieser Winkeladvokat wohl wirklich: die Villa mit drei, vier – oder fünf Klos, jeder Menge an Badezimmern, ja, sogar mit WC im Schutzraum! Schöne Scheiße jetzt, wenn der ganze Zauber nicht funktionierte. – Helfen sollte man hier in der Tat! – Nun, ein bisschen würde er ihn trotzdem noch hinhalten. „Haben Sie schon versucht, die Leute vom Technischen Notdienst –"
Da begehrte der Anwalt auf. Stunden würde es dauern, bis die anrückten! Außerdem wären ihnen das Haus und alles drumherum unbekannt! Dreck würden sie machen, überall! Fliesen aufstemmen und so ...! „O meine Frau wird wahnsinnig! Ja, Erna ist hypersensibel! Und Sibylle?! Die kriegt auch einen Schock ... Um 15 Uhr kommen die Gäste ..."
Hypersensibel? Schock? Na, das sollten sie mit ihm, mit Martin Schneider, einmal probieren! Seine Frau Mathilde oder sein Sohn Herbert! Ha! Nur einmal probieren sollten sie´s ...! Dann würd´ es krachen!
„Sie müssen was tun, Herr Schneider! Bitte!", ließ sich Aichholzer vernehmen, allem Anschein nach schon mürbe wie ein gutes Steak.
Jetzt brauchte Schneider ihn nur mehr kurz hinzuhalten, dann würde sicher ein passables Angebot von des Anwalts Seite erfolgen ...

Also seufzte er theaterwirksam. „Herr Doktor, unser Tagesablauf heute ist nicht viel anders! Und Mathilde bereitet längst schon in der Küche gemeinsam mit Frau Edlinger alles vor! Unsere Gäste kommen auch gegen drei, verdammt!“ (War das „verdammt“ vielleicht zu hart? Nein.) Er schloss: „Es wird wirklich nicht gehen, wirklich ...“ Ha! Jetzt hatte er den Fuchs, den schlauen, angeblich so schlauen Fuchs, in der Falle!
Er mache ihm ein Angebot, sagte Aichholzer.
Da bin ich aber neugierig, dachte Schneider.
„Sie kommen her und sehen sich die Bescherung einmal an“, sagte der Doktor. „Und dann –“
Der Installateur musste lächeln, spielte indes den Untröstlichen: „Nein, das kann Stunden dauern, bis ich den Grund für Ihre Kalamitäten entdeckt habe! Und dann erst die Arbeit! So was kann sich hinziehen, Sie wissen doch –“ Na, wenn das nicht saß ... „Verstehen Sie, bitte! Wir –“
Dann kam´s, Aichholzer hatte die Idee: „Sie kommen einfach mit allem hierher zu uns! Mit Ihren Sachen und mit Ihren Gästen! Natürlich können Sie auch Ihre Vorräte mitbringen und Ihre Frau Eder!“
„Edlinger“, verbesserte Schneider. „Sie glauben doch nicht ihm Ernst, Herr Doktor?! Wir können doch nicht bei Ihnen unsere Verlobung – also die von meinem Herbert mit seiner Sonja ... Und die Gäste, die dreißig?!“
„Fünfundzwanzig“, schien ihn Aichholzer an die erstgenannte Zahl erinnern zu wollen, „und unsere siebzig – kein Problem!“
War ja ein Ding! Den Burschen hatte er, Schneider, wirklich ganz schön mürbe gemacht! Außerdem – die Bekanntschaft mit dem Doktor und seinen Gästen konnte nur positiv für´s Geschäft sein! („Wisst Ihr“,

würde er seinen eigenen Gästen, dieser gierigen Bande von Ignoranten, Blutsaugern und Proleten sagen, „mein guter Freund, der Staranwalt Aichholzer, hat uns alle plötzlich und aus heiterem Himmel zu sich eingeladen! – Ja ..., also ..., ja, wir sind quasi Geschäftspartner, ich und der Anwalt.“) Nur – Mathilde. Was würde Mathilde davon halten? Er sprach kaum über Geschäftliches mit ihr. Aber wenn er den Namen Aichholzer auch nur zufällig erwähnte, rastete sie förmlich aus. An Doktor Aichholzer ließ sie kein gutes Haar – sagte jedoch nicht, warum ..., so intensiv er auch nachfragte ... Sonderbar, eigentlich. Schon die kleinste Erwähnung ...

„Und von Garantie“, fuhr der Anwalt am anderen Ende der Leitung eifrig fort, „wollen wir erst gar nicht reden ... Samstagarbeit weiß ich zudem entsprechend zu honorieren ... Außerdem – meine Bar und mein Keller stehen Ihnen offen, Herr Schneider! – Na, was ist?!“

Schneider seufzte sein letztes Seufzen. (O das konnte er!) Ja, jetzt hatte er den Fisch am Haken. „In Ordnung, ich schau´ mir alles an. – Aber ich warne Sie: Meine Meute verdrückt vermutlich mehr als ihre ‚feine´ Gesellschaft!“ – Haha, sollte nur richtig schwitzen, der Herr Anwalt! Ja!

„Keine Bange! – Auf bald!“ Es knackste in der Leitung.

Schneider grinste breit und dachte genüsslich: Den hätte ich also breit geklopft!

Da hörte er Mathilde aus der Küche fragen: „Mit wem hast du denn dieses Marathongespräch geführt?!“

„Hm, halb so wild“, antwortete der Installateur und versuchte das, was er nun bald seiner Frau würde erklären müssen, im Geist vorzuformulieren. Denn mit der Idee, bei Doktor Aichholzers zu feiern, würde sie bestimmt nicht auf Anhieb einverstanden sein. Nein, bestimmt nicht. Andererseits –

Andererseits hat sie sicher auch Vorteile, diese Fest-Zusammenlegung und Party-Fusion, wollte er gerade sagen. Doch Erna, Reste der Gesichtsmaske als besonderes Kennzeichen um Augen- und Mundpartie, fuhr ihren Mann an: „Mit diesen dahergelaufenen Leuten? Die unseren sündteuren Beluga nicht von ordinärem Seehasenrogen unterscheiden können?! Mit solchen –"
„Genau, Papa! Außerdem ist dieser Schneider samt seiner Familie – ein Prolet! Das hast du selber gesagt ...", schloss sich die ungewaschene Sibylle an.
„Ja, das hab´ ich, dummerweise, gesagt ..., im Zorn, wegen des vierten Mannes, ihr wisst schon, der nie aufgekreuzt ist", lenkte Hans ein. „Außerdem – es sind wenigstens gewaschene Proleten. Und wir –"
„Sag bloß, dass wir stinken!", empörte sich Erna, nicht ohne insgeheim in Richtung linker Achselhöhle zu schnuppern.
„Wir können uns ja auch bei Edgars Eltern waschen", schlug Sibylle vor.
„Klar, der alte Regierungsrat Abendroth und seine Gattin werden sich was Schönes denken! Da kennen wir einander kaum – und bitten um Zuweisung von Wasserrationen ...! Nein!" Doktor Aichholzer schüttelte sich, als wäre eben ein Strahl kalten Wassers aus einem imaginären Schlauch auf ihn gespritzt worden.
„Also, soll ich jetzt, bitte, das zusätzliche Geschirr bestellen?", meldete sich Fräulein Fritz, die Haushälterin der Aichholzers, zu Wort, die bisher in der Tür ge-

standen war. Ebenso ungewaschen übrigens wie ihre Dienstherrschaft; sie hatte ihr Zimmer in der ausgebauten, recht behaglichen Mansarde. Mit Bad und WC; doch Wasser hatte es heute ja noch keines gegeben, im ganzen Haus nicht.
„Es bleibt uns keine andere Wahl", entschied der Anwalt. „Außerdem müsste Schneider jeden Moment hier sein. Und mit ihm wird Wasser über uns kommen", beschloss Hans hoffnungsvoll (und etwas biblisch anmutend) die Debatte.
Gattin und Tochter seufzten einträchtig. Fräulein Fritz begab sich zum Telefon, um spitzmündig einen Party-Service wegen des so dringend benötigten Geschirrs zu kontaktieren. Sie stank, in der Tat.

Was, mit der Fritz gemeinsam?! Nie und nimmer! dachte Frau Edlinger. Doch sie schwieg. Denn wenn Martin Schneider etwas sagte, hatte sogar seine Frau kaum eine Chance zu widersprechen. Und erst Herbert, der wagte – schüchtern, wie er war – ohnehin keinen Einwand. No, und dann vielleicht sie, die Haushälterin?! Wie könnte sie es sich herausnehmen – – Auch wenn es glatter Irrsinn war! Wirklich! (Und mit der Fritz gemeinsam, zu allem Überfluss! Wo sie beide doch –) Nein, es war ..., es war –
„Unzumutbar!", meldete sich aufgebracht Mathilde Schneider zu Wort. Sie war, mit ihren knapp 45 Jahren (und der ganzen Arbeit, die sie in Wahrheit zu leisten hatte) immer noch mehr als bloß eine gut aussehende Frau. Und ihre Augen, in Blau gehalten, funkelten. „Nein! Nie und nimmer!"
„Doktor Aichholzer ist einer meiner besten Kunden – vorausgesetzt, er hat wieder Wasser, respektive Abfluss ...!",

konterte Schneider, der sich vorkam wie ein Wasserrohr, um das sich die Backen eines strengen „Franzosen" geschraubt hatten: voller Unbehagen. Und, während er sich erhob, mit den Autoschlüsseln spielte und – dem Blick Mathildes ausweichend – in Richtung Tür lugte, sagte er: „Ja, ich muss jetzt. Versprochene Sache. Klar?!"
„Aber, Papa!", entfuhr es Herbert.
„Sei ruhig!", fuhr der Installateur seinen Sohn an. „Sei ruhig und wart´ ab. Dein Vater hat die Situation im Griff!" Schneider verließ das Zimmer.
Frau Schneider schüttelte den Kopf: „Wir können doch nicht einfach unsere Verlobungsfeier bei Aichholzers –"
Da läutete das Telefon. Herberts Fast-schon-Verlobte, Sonja Einteufel, war dran.

Lemuren. Das war der rechte Ausdruck. Lemuren. Ach, was waren diese Leute allesamt mies! Die Klientel des Rechtsanwaltes Dr. Aichholzer war um keinen Deut besser als die Sippschaft seines Wasser-Kontrahenten Schneider. Lemuren eben.
Wie sie sich gaben: da die „feinen" Auf- und Absteigertypen, die entweder mit Doktor Aichholzer oder seiner Frau Erna oder Tochter Sibylle in irgendeinem freundschaftlichen oder geschäftlichen Verhältnis standen; dort die etwas „derberen" aus dem Schneider-Stall. Ein Pandämonium menschlicher Ausschussware. Freilich, manch einer in teurer Designer-Kluft, manch eine mit Diamanten behangen wie ein zu üppig aufgeputzter Weihnachtsbaum.
Da standen sie herum, hielten ihre Sektgläser in der Hand, schnatterten – gedämpft oder ungeniert, je nach dem – und lugten mehr oder weniger insgeheim, ob das Buffet nicht schon bald eröffnet würde.

Der alte Oberlandesgerichtsrat – in Pension – Emanuel Krakauer mit seiner dritten Frau, Daisy („Die werden auch immer jünger, je älter der Alte wird!"), im Gespräch mit Powidls – die hießen wirklich so und betrieben noch dazu eine mittelgroße Konfitürenfabrik („Nomen est Omen!"). Die hatte zumindest sieben, acht Karat um den welken Hals, die Powidl. Daneben der Anwalt Klingler, in einen fast im Flüsterton geführten Small Talk vertieft mit dem betagten Schönheitschirurgen Mostberger, dessen Begleiterin – einst seine Patientin – sich nun tatsächlich in einem indefinablen Alter befand. Auch Freddy, ein lokaler Popstar, war anwesend, der jedoch erfreulicherweise wegen Heiserkeit einen Live-Auftritt bei dieser Fete von vornherein ausgeschlossen hatte. Bravo!
Dann natürlich die Gesellschaftskolumnisten der lokalen Presse und ihre Fotografen. Sie hielten bereits – und erfolgreich – Ausschau nach dem, was in einer Klatschspalte eben so vorzukommen hat: die zaundürre Malerin Elvira Blumbacher mit ihrem rosa gefärbten Pudel „Schatzi", der besagte Pop-Oldie, natürlich auch Münzer, der Immobilien-Mensch, der stets mit einem Fuß in Monte Carlo und mit dem anderen im Kriminal stand (Aichholzer hatte ihn schon dreimal erfolgreich ´rausgepaukt!). Ja, sogar ein bisschen Nieder-Adel sah man: Der unverzichtbare Baron Ferdinand „Orschi" Spindelburg war da, im intensiven Gespräch mit Gräfin Ernestine von Unshund zu Schaumberg, der Schwägerin des Sodawasserkönigs Franz Filzmoser; der hatte, natürlich seine stets Unsinn plappernde Gattin Constanze neben sich, schon geraume Zeit politisiert. Auch der Direktor des Städtischen Bestattungsinstituts Anton Pumper war gekommen. Und sogar der greise

Professor Franz Xaver Nickel wurde alsbald gesichtet – der Begründer der in Fachkreisen eher umstrittenen „Sieben-Felder-Theorie".
Es gab sogar eine Band – vier angegraute Herren, die bei der Erfindung des Swing schon auf der Welt gewesen sein mussten, ihn nichts desto weniger noch immer nicht (oder schon nicht mehr?) beherrschten ...

Und Hans hatte brav schwere Zangen gehalten, den „Franzosen" geführt, sich über die erste Fontäne, die einer Leitung entzischte, wie ein Kind gefreut. Und Schneider war zufrieden gewesen mit seinem akademisch gebildeten Gehilfen. Erst hatten sie zwei, drei Biere gelehrt – gleich aus der Flasche, versteht sich!; dann ein wenig französischen Cognac dazu gebechert. Und der Meister begann den Rechtsverdreher zu loben. Letztlich dann lobte das Werk, die wieder funktionierende Wasserinstallation, beide Meister – oder es schien ihnen nur so, dank Bier und Cognac ...
Dann endlich hatten sich Familie Doktor Aichholzer samt Fräulein Fritz und Martin Schneider geduscht, gewaschen et cetera; unter Ausnutzung aller verfügbaren Bäder und Waschgelegenheiten in der großen Villa.
Zuletzt war die übrige Installateursfamilie samt Haushälterin Edlinger, Braut Sonja und ihrer ganzen Einteufel-Familie angerauscht.
Und auch die Begegnung war unaufhaltsam gewesen: die zwischen Sibylle Aichholzer und dem schüchternen Herbert Schneider. Ja, und – zuvor schon – hatte es die recht kühle Begrüßung zwischen Mathilde Schneider und Hans Aichholzer gegeben. Erna Aichholzer wie Martin Schneider hatten sie nicht miterlebt,

weil die Anwaltsgattin den Installateur in den Garten gebeten hatte. Da gab es eine Rasensprenganlage – noch nicht –, die Erna vorschwebte, zu besprechen. Ob er, Schneider, versiert in solchen Dingen, sie beraten wolle ...?

Wenn Hass töten könnte, Hans Aichholzer, gefinkelter Anwalt und überaus gewiefter Winkeladvokat, wenn es drauf ankam, wäre vom Blick aus blauen Augen allein, den Mathilde Schneider auf ihn heftete, auf der Stelle tot umgefallen. Doch charmant bot er der Frau des „aquarischen Retters aus der Not" (O-Ton Aichholzer) ein Glas Sekt an. Und sie nippte, immer noch scharf, den – zugegeben: – nicht nur leicht Illuminierten ihr gegenüber im Visier.

Fast schien es Sibylle, als schwebe sie auf einer dieser berühmten rosa gefärbten Wolken. (So sagte man doch ... oder?!) Da war einer, der hielt sie in seinen Armen. Fest, doch nicht grob. Auch nicht falsch, ungeschickt, nein. O da passte alles. Und sie schmiegte sich an ihn. Der Garten verlor alle Konturen ... Ja, er war nicht mehr grün, obschon sie im Gras tanzten. Gern tat sie es. Ja, es war tatsächlich – rosarot um sie. (Oder war das – der Sekt gewesen?!) Nein, Sibylle war nicht betrunken. Trunken, ja, vor Glück ... Kitsch auch! Sie war trunken vor Glück, wirklich. Und rosa. Und Herbert hielt sie umfangen, im Takt des Englishwaltz, den die Swing-Veteranen – sogar, zugegeben, einigermaßen dezent (oder war es die Entfernung?), egal –, den die Swing-Veteranen stampften. Ein wonniger Schauer durch-

lief sie nach dem anderen. Sie hatte gar nicht gewusst, wie wunderschön das sein konnte, wenn einen so ein Schauer nach dem anderen durchlief ... Also, es war – herrlich! Und es war – geil.
Wo war Edgar? – Egal. Edgar Abendroth. Egal. Der Langweiler ... Egal. Jetzt zumindest – Und ein Ziel hatte sie ... endlich ein Ziel! Nämlich: glücklich zu sein ..., oh, ja: glücklich – –

Ob sie das auch spüre? fragte sich Herbert Schneider. Die Nähe des Mädchens, mit dem er da einen Englishwaltz tanzte, behagte ihm. Anders, als ihm die seiner Sonja Einteufel behagte, weiß Gott! Er hatte immer gedacht, sie seien bloß verwöhnte „Barbie"-Puppen, diese reichen, hübschen jungen Damen. Aber – da war jemand aus Fleisch und Blut, sozusagen, keine „Barbie" – – Seine Sonja war ihm irgendwie abhanden gekommen, so schien es ihm zumindest ... Doch unglücklich machte ihn das nicht! Sollte es das? Im Gegenteil: Er genoss zunächst jeden Kuss, dann jede intensivere körperliche, dieses prickelnde Wohlbefinden über den Wolken steigernde Berührung! Und erst – sie näherten sich dem Haus, mehr ahnend, als den Hintereingang erkennend, eben jenem – das Eindringen. Ins Haus – zunächst einmal. Und dann in den ersten Stock. Und dann in Sibylles Gemach.
Doch: Gemach war da nichts mehr. Überschall! Überall Überschall! Und – Eindringen pur.

Natürlich, Zeit war vergangen, in der Tat. Viel Zeit. Hans räusperte sich. „Gnädige Frau, ich ..."

Ein Sommer war es vor gut 25 Jahren. Salesianer-Patres, nette sogar. Er war, genau, er war „Pazifist“ – gewesen. (Heute führte er nicht selten – und ebenso oft erfolgreich – Prozesse, um Neo-Nazis rauszuholen ..., „aus der braunen Kacke“.) Pazifist. Oder? Zumindest wollte er damals nicht „dienen“. Das Bundesheer war ihm ein Greuel. Die Gewissensprüfungskommission? Kein Problem.

Und jetzt in – Spital an der Drau: in einem Salesianer-Jugendheim. Kein schlechter Job als „Zivi“. Hätte böser kommen können – Altersheim, Scheiße wischen und so. Aber hier, die Salesianer mit ihrem „Für-den-anderen-Da-Sein“?!

Waren sie nicht niedlich?! Pater Severin, der mit der roten Trinkernase und den famosen Schnäpsen; und der Vorsteher, ein sympathischer Steirer, Pater Eberhardt – oder?! Ja, Eberhardt. Auch kein Kostverächter in puncto Alkohol. Glaubenstreu und doch tolerant. Dann Pater Albert, ein junger. Und Thomas, Pater Thomas, der ein klein wenig eitle ... Eine ambitionierte Runde. Unerbittlich im Glauben und in der Arbeit, aber eigentlich weltoffen, tolerant sogar – in Maßen. Ja, und dann noch Schwester Hildegard, die resolute Pfarrhelferin, und eine geschiedene – bitte sehr! – geschiedene und allein erziehende Köchin (Ulrike? Nein – Manuela!), nicht zu vergessen!

„Gnädige Frau ... Ich verstehe Ihren Groll ja ...“ *Wärst eben du vernünftiger gewesen,* dachte er. *Aber du hast eben gern mit mir geschlafen. Nicht nur mit mir, oder?!*

„Groll?!“, antwortete Mathilde bitter. „Ich meine, melden, also, melden hättest du dich doch einmal können?! Immerhin – das Kind –“ *Scheißer, widerlicher Scheißer,* dachte Mathilde. *Gibt´s doch nicht, dass der mir überhaupt was hat bedeuten können. Arsch!*

„Ich weiß", sagte Doktor Aichholzer, ein wenig kleinlaut. „Aber ich war doch –" *Nicht mal mit der Zange anfassen hätte ich dich sollen! O Gott! Weiber!*

„Klar, die Karriere", erwiderte Mathilde sehr kurz. „Da wären sowohl das Kind als auch ich dir im Weg gestanden ..." *Außerdem – der hat ja abstehende Ohren! Dass mir das damals nicht aufgefallen ist?!*

„Nein ... Aber ..." Aichholzer wusste tatsächlich nichts zu sagen. *Sachen könnte ich der an den Kopf schmeißen! Wie sie sich an mich herangemacht hat! Wie sie so getan hat, als könnte sie kein Wässerchen trüben ...*

„War ja ein Glück, dass ich so rasch den Martin kennen gelernt habe, als du weggefahren warst – und er geglaubt hat, das Kind sei von ihm ... War doch ein Glück – auch für dich, oder?!" *O wie ich den Kerl abstoßend finde! Widerlich direkt! Dagegen ist ja mein Martin ein Weltwunder ..., naja, ein Wunder zumindest ...*

Hans schwieg. *Was soll man da sagen, Ziege! Blöd geboren, nichts dazugelernt: Frau Installateurmeisterin ...*

„Dumm nur, dass es den jungen Unternehmer dann ausgerechnet in diese Gegend hat verschlagen müssen, nicht?! Sonst wäre dir sogar dieser Auftritt mit mir erspart geblieben ...!" *Aber ist ja egal. Wir haben doch alles gut über die Runden gebracht. Und Herbert ist wenigstens nicht so geworden wie sein sauberer Herr Vater!*

Mathilde nahm einen Schluck Sekt. „Euch bleibt doch auch sonst immer alles Unangenehme erspart, euch – – Ach!" *Ob Herbert tatsächlich so ganz anders ist als sein Vater ...?!*

„Also –" *Warum hör´ ich mir den Schmonz eigentlich an?!* Aichholzer versuchte zu protestieren, doch da kamen Schneider und Aichholzers Frau Erna aus dem Garten zurück.

„Stell´ dir vor, Hans, Herr Schneider glaubt auch, dass wir da mit einer Rasensprenganlage etwas machen könnten!“ Erna war selig.
„Kein Problem, Herr Doktor!“, schloss sich der merkbar aufgekratzte Installateur an, „noch dazu, wo jetzt ja unsere Anschlüsse, Zu- und Abflüsse alle wieder in Top-Form sind ...“

Frau Edlinger verwand es seit Stunden schon nicht, dass sie, die ältere und bessere Kraft, ihrer Erzrivalin in Küchen- und Hausangelegenheiten bloß Handlangerdienste zu leisten hatte. Aber Fräulein Fritz war unerbittlich. Endlich hatte sie die aufgeblasene Funz´n dort, wo sie sie haben wollte! War sie anfänglich auch alles andere denn erbaut gewesen über die Zusammenlegung der beiden Verlobungsfeiern, so sah sie – spätestens als der Schneider-Konvoi im Anrollen war – ihre Chance gekommen: Keine Arbeit war zu inferior, als dass sie nicht an Frau Edlinger delegierbar gewesen wäre. O es war ein Genuss!
Fast wie der, wenn auch anders gelagert, dem sich nach einiger Zeit offensichtlicher Verschmähtheit durch die jeweiligen Partner der langweilige Edgar Abendroth und die nicht sonderlich attraktive Sonja Einteufel in einem der dichtesten Büsche in Aichholzers Garten hingaben. Gut, dass sie nicht Sibylles Zimmer aufgesucht hatten, denn das war seit einiger Zeit und durchaus intensiv besetzt, nein – belegt.

Die Turbulenzen waren zwar von Z. aus schon gemeldet worden, doch dass es den Jet, auf der Suche nach

weniger gefährlichen Strömungen, ausgerechnet hierher verschlagen musste, das war doch – –
Nein, der Crew und der Besatzung ist – auch im Nachhinein und angesichts der Ereignisse mit all ihrer Trauer und Tragweite – keine direkte Schuld zuzuweisen.

Dieser Ansicht war auch das Sachverständigen-Team.

Zudem: Chefpilot Aichholzer und sein Co Schneider galten als stürmeerprobtes Doppel in der europäischen Zivilluftfahrt.

Doch Dinge passieren eben, wie – – – wie Dinge gerade passieren. Krumme Dinger wie blitzsaubere Aktionen.
Die Sache ist bloß – wie sagen wir´s den Hinterbliebenen?!

Nun, nachdem die Boeing das Grundstück durchpflügt, das Haus gerammt und die kuriose Verlobungsgesellschaft ausgelöscht hatte, gab es kaum Grund mehr, an Hinterbliebene zu denken: Da war nicht viel verblieben.
Erben gab es – vielleicht. Und die sollten sich ihre Reste gefälligst ausbuddeln. Das Areal dazu war weit genug.

„Du, da unten wohnt irgendwo mein Bruder, der Hans!" – „Martin wohnt auch hier in der Nähe, mein jüngerer Bruder Martin mit seiner Familie!"
Das soll angeblich einige Minuten zuvor noch aus des Piloten und/oder Co-Piloten Mund gekommen – – –

Doch dann: Starkes Krachen. Viel Feuer. Gellende Schreie. Jede Menge Blut.

Schande! Zweihundertfünfzig zusätzliche Verlobungsgäste – das hält die bestgebaute Villa, sogar eine mit gerade erst erneuerten Top-Installationen, nicht aus. Die Katastrophe war perfekt. Und eine hunderte Meter hohe Feuersäule, die sich bald mit dunklem Rauch zu durchmischen begann, stieß in den Himmel empor. Das wirkte sogar in den Abendnachrichten im Fernsehen sehr attraktiv. Vom Hubschrauber – respektive von den Couch-Tischen – aus gesehen.

Und doch – es war ein schöner Inzest.

SANTORINI-CONNECTIONS

Eine Geschichte

> Frau Gasu widmete sich nun mit aller Kraft und Unterstützung ihrer Schwägerin der Belagerung einer reichen Erbin. Sie riet Menexenos, jeden Abend zu Pferd unter deren Fenster vorbeizureiten. Und jedesmal, wenn ihr der unselige Walache in den Sinn kam, stieß sie Verwünschungen gegen ihn aus, und ihre Schwägerin flüsterte unbeirrbar dazu: „Amen."
>
> (Alexandra Papadopulu, „Sohn und Tochter")

Nein. So nicht.
Zugegeben, Nina ist nicht gerade eine sehr gute Partie. Außerdem strahlt ihr Gesicht nicht eben sehr viel Freundlichkeit aus. Aber – wo nimmt ein 20-jähriges Mädchen schon genügend Gründe zu außergewöhnlicher Freundlichkeit her, wenn es mit seinen Eltern auf Santorini Urlaub machen muss; wo doch die Freundinnen alle aus Athen, die Schulkameradinnen und Mitstudentinnen, irgendwo im Ausland und auf eigene Faust urlauben?!
Zu allem Überfluss ist auch Petros mit dabei. Gut, sie hat den 18-jährigen Burschen vor ein paar Jahren ganz niedlich gefunden. Sie war auch seine erste Bettgenossin gewesen; er keineswegs ihr erster Bettgenosse. Überhaupt, so besonders viel war da nicht zu genießen gewesen. Aber Desbina und Kostis, Ninas Eltern, hatten Wind von der Sache gekriegt. Und jetzt wollten sie partout aus ihrer Tochter und diesem uninteressanten Schnösel ein Paar machen, ein Ehepaar noch dazu.
Okay, Petros´ Eltern betrieben eine gut gehende Autoreparaturwerkstätte in Athen – das, was man „erste Adresse" nennt. Mit Generalvertretung einiger west-

europäischer und fernöstlicher, asiatischer Marken und so.
Aber, ist das ein Grund, jemanden zu heiraten, nur weil er vermutlich – als einziger Nachkomme – einmal Papas Nachfolger werden und Mazda und Opel und Renault an die Leute verhökern würde?! Und vor allem – was sollte bis dahin geschehen? Händchen halten und Küsschen geben, im Mondschein flanieren oder gar den ach so einmaligen Sonnenuntergang von Ia genießen?! Wie die nicht griechischen Touristen auch?! Nein. So nicht.

Für Petros stellte sich das Problem anders dar. Auch er kam sich irgendwie überfahren vor. Niemand, auch seine besten Freunde in Athen, ahnten etwas davon: Er war seit gut einem halben Jahr in Ninas „beste" Freundin verliebt; auch wenn Helena selbst nichts wusste von dem, was in diesem linkischen Burschen vorging. Im Gegenteil, gerade erst hatte sie Nina auf Petros hin angesprochen – voller Spott: „Ich bitte dich, Nina! Was findest du an diesem Burschen?! Schau dir den kindischen Tropf doch einmal an! Dieser Kopf mit den Ochsenaugen ... Dann der Gang: Petros fällt doch alle paar Meter über die eigenen Latschen! An dem ist einfach nichts dran – außer vielleicht die Reparaturwerkstätte von seinem Alten!"
Nina hatte ihr bösestes Gesicht aufgesetzt, aber zunächst nichts erwidert. Nur ihre Lippen waren noch schmäler geworden. Zu einem gefährlichen Spalt, sozusagen.
„Ach, was. Lass´ mich in Ruhe!", hatte sie dann die Freundin angeherrscht und sich eine weitere Zigarette angezündet.

„Sie passen doch geradezu phantastisch zusammen, die beiden! Nicht wahr?“ Desbina schlürfte die dritte Tasse Frühstückskaffee.
Kostis schwieg und schien den Sportteil der Zeitung zu verschlingen.
„Ein schönes Paar, findest du nicht?!“
Er antwortete erst auf ein neuerliches „Nicht?!“ seiner Frau.
„Ja, wunderbar. Und wieder Tabellenführer ...“
„Du hörst mir ja gar nicht zu, Kostis! Wie immer ...“
„Genau. Wird wieder Herbstmeister, bestimmt!“ Er trank einen Schluck Kaffee.
„Ich rede doch von Nina und Petros! Dass sie ein so schönes Paar sind, dass sie geradezu phantastisch zusammenpassen ...“
Jetzt legte Kostis die Zeitung vor sich auf den Tisch. „Warten wir es ab ...“
„Ach, du! Immer mit deinem Pessimismus ... Sie sind ein phantastisch zusammenpassendes Paar! Punkt um!“
Kostis seufzte. Dann erhob er sich und ging vom Balkon ins Hotelzimmer hinein und zum Nachttisch. Mit einer Zigarette in der Hand kam er zurück. „Hast du irgendwo die Zündhölzer gesehen?“

Sie gestatten, dass ich mich einschalte. Aber als Autor hat man es mit solchen „Idyllen“ immer irgendwie schwer ... Sie verstehen? Nein ...?! – Hm. Warum auch. – Natürlich könnten – etwa – Kostis und Desbina genauso gut (oder: genauso schlecht) die Eltern des (von mir übrigens bisher eher stiefmütterlich – oder besser: stiefväterlich – behandelten) Petros sein. Und sie hätten ihrerseits die zukünftige Schwiegertochter mit auf

Urlaub genommen. Auch könnte Petros ein ganz toller Bursche sein, wenn man ihn nur ließe; und Nina eben eine frustrierte, taube Nuss.
Ich meine, Sie wissen ja, da gibt´s genug Möglichkeiten, wenn eine Geschichte einmal in Schwung gekommen ist ... O ja! – Zudem: Warum, wir sitzen ja nicht Tisch an Tisch mit den Vieren, logieren nicht Wand an Wand mit ihnen im Hotel – warum sollte es sich bei ihnen nicht um ein frustriertes Ehepaar mit Kindern handeln, das da Urlaub macht: Kostis, ein wenig erfolgreicher Kaufmann aus Athen, seine Frau Desbina, gerade in den Wechsel übergewechselt (!), und ihre Kinder, die Geschwister Nina und Petros; nach Santorini gekommen, um auszuspannen ...?! Für die frustrierte 20-Jährige ist weit und breit kein „Bräutigam" in Sicht; nicht einmal der gelackte Barkeeper am Pool des Hotels „Kastelli", gleich um´s Eck; denn dort dürfen die Kids nicht hin – allein. Schon gar nicht ein Bräutigam, der via Papa den maroden Kleinbetrieb des Vaters sanieren hülfe. Und Petros ist ohnehin rauschgiftsüchtig – nur weiß das außer der Schwester natürlich noch niemand in dieser ziemlich ramponierten Familie ...

Sie sehen, Verehrteste, Vorsicht ist geboten im Umgang mit fremden Schicksalsstoffen ... Und *Sie* sind es, die mir zu noch viel mehr Vorsicht Anlass geben, gnädige Frau. Dass wir einander hier, inmitten der unzähligen Touristen, getroffen haben – wie Sie es wollten –, hat einiges für sich, denke ich. Und dass Sie auf Wahrung Ihres Inkognitos so großen Wert legen, bringt mich selbstverständlich auf so mancherlei Gedanken.

Sie kennen, sagen Sie, die Familie C.? Sind mit Desbina und Kostis seit Jahren gut bekannt? Zu Nina empfinden Sie fast schon mütterliche Gefühle ...?! Und Petros ist Ihnen auch ans Herz gewachsen ...?!
Ich bin, Sie wissen es, für jeden Auftrag dankbar; besonders, wenn er so gut bezahlt wird wie dieser. Aber, Clara – bleiben wir bei Clara? Gut ... – Also, Clara, ich fürchte, dass bei dieser ganzen Sache mehr dahintersteckt! Viel mehr ... Ja, diese Fürsorge Ihrerseits – entschuldigen Sie, es geht mich, das weiß ich natürlich, es geht mich eigentlich nichts an ..., aber diese Fürsorge – –

Natürlich, die Blätter können sich wenden.
Warum plötzlich alles ganz anders wirkte, als es zuvor ausgesehen hatte, wird wahrscheinlich ein Geheimnis „auf ewig" bleiben. Doch wie Clara (ein Deckname) aufgetaucht war, verschwand sie auch wieder. Und die Überweisung auf mein Schweizer Konto erfolgte prompt. Doch hatte ich das nicht anders erwartet.
Nina heiratete Petros ein knappes Jahr nach dem Urlaub, den sie gemeinsam mit ihm und ihren Eltern auf Santorini verbracht hatte.
Tatsächlich sanierten sich Desbina und Kostis durch die Großzügigkeit von Petros´ Eltern (und den steigenden Umsatz an westeuropäischen und japanischen Autos). Nina wurde bald darauf schwanger. Sie schenkte später einem missmutig dreinblickenden, schmalmündigen Kind das Leben. Man munkelte, Petros´ Vater sei – – –, aber oft wird gemunkelt.
Petros war längere Zeit noch in Ninas Busenfreundin (und der Ausdruck stimmt, in der Tat!), in Helena also verliebt. Doch die Arbeit als Juniorchef nahm fast all

seine Zeit in Anspruch. Helena erfuhr nie etwas von dieser – ohnedies zur Erfolglosigkeit verurteilten – Schwärmerei. Es sei denn, wir hätten uns da irgend eine andere Wendung, eine neue Kreuzung der Schicksalslinien einfallen lassen ...
Von Clara, meiner Auftraggeberin, hörte ich erst Jahre später. Sie war gestorben. Aus einer diskreten Mitteilung, die mir ein griechischer Kollege ansonsten kommentarlos zukommen ließ, ging hervor, dass sie die leibliche Mutter Ninas gewesen war. Beim ganz anders lautenden Vornamen der Verblichenen hatte mein Zunftgenosse mit Kugelschreiber ein Sternchen hingemalt. Auf der Rückseite der Fotokopie stand die erstaunliche Auflösung: „= Clara“. Alle Beteiligten hatten, sehr zum Vorteil der Familie C., das Spiel die Jahre hindurch mitgemacht. Dass Clara Ninas Mutter gewesen war, hätte mir indes bei unserem Treffen in der Taverne „Alexis“ auf Santorini an ihrem schmalen Mund auffallen sollen. Doch wer denkt schon immer mit? Bei 37 Grad Celsius im Schatten und Ouzo mit wenig Eiswasser ... Und wer beobachtet nicht mitunter zu wenig exakt?
Warum Clara (bleiben wir pietätvoll bei diesem Namen) mir damals überhaupt Geld angeboten hatte, weiß ich bis heute nicht. Möglicherweise hielt sie mich für einen Mitwisser. Jedenfalls, die erste Anweisung erfolgte prompt; und, ich gestehe: Auch die folgenden, die anzunehmen ich mich nicht scheute, langten stets pünktlich auf meinem Konto in Zürich ein.
Da können Sie meine Frau Desbina fragen.

OBRIGADO – OBRIGADA

Eine erstaunliche Geschichte aus Portugal

Es war in einer dieser durchaus verwechselbaren Snackbars in Albufeira. Ich glaube, sie wurde von Holländern geführt und hieß „Buddy´s". Er saß mir gegenüber, zwischen uns zwei Bicas und eine Flasche alten Brandys mit zwei Gläsern.

„Die Frauen, mein Bester, die Frauen sind nun einmal so", sinnierte er. „Erst vermitteln sie dir den Eindruck, sie seien ohnedies zufrieden ... mit dir und mit der Art, wie du bist. Und wie du sie behandelst ... etc. Aber – nach einiger Zeit – –"

Er schwieg. Sah mich an. Lächelte, dass sich der weiße, dünne weiße Schnurrbart über den schmalen Lippen im braun gebrannten Gesicht kräuselte. „Ich weiß schon", fuhr er, wie meine Gedanken erratend, in seinem von englischen und portugiesischen Brocken durchsetzten Deutsch fort *(das hier, der Einfachheit halber, quasi geglättet wiedergegeben wird):* „Ich weiß schon, Sie denken: Dafür hätte ich nicht nach Portugal fahren müssen; um von einem alten Mann eine solche Binsenweisheit aufgetischt zu bekommen ... Stimmt's?!"

Ich nickte und nahm einen Schluck Brandy.

„Und den Alten dann auch noch einzuladen ...", setzte er hinzu. Und da blitzte etwas in seinen Augen auf, die dunkel waren – und gar nicht alt wirkten. Die Fältchen an den Rändern, unter den Augen also, die spielten ein ironisches Spiel. Der Alte da hätte gut und gern für einen Komödianten durchgehen können, ja!

„Sehen Sie, Sie haben da offensichtlich ein Problem." Er schaute mich wie prüfend, abschätzend – nicht abschätzig, nein! –, abschätzend an. „Ja, ein Problem..., doch ..."

Ich setzte mich auf, im Stuhl, in den ich schon hineingesunken schien seit Zeiten. Versuchte zu widersprechen. Sank jedoch sogleich in die vorher inne gehabte Stellung zurück – und noch mehr ein.

„Natürlich haben Sie ein Problem, warum sonst sollten Sie sich das Geschwätz eines alten Mannes aus Albufeira anhören? Warum sollten Sie Bicas mit ihm schlürfen und alten Brandy? Sie wollen was. Ja, das ist klar. – Besser gesagt: Sie wollen etwas loswerden. Wahrscheinlich – Ihre Frau."

Der Mann im Khaki – abgetragen und doch teuer war das Stück; wie aus einem Stadttheaterfundus: „Maske in Blau", dritter Akt –, der alte Portugiese also schenkte sich und mir nach, wobei er mich nicht aus den Augen ließ.

Hm. Natürlich hatte er den Nagel auf den Kopf getroffen.

Aber, bitte, ich erzähle doch nicht jedem dahergelaufenen Menschen meine Lebensgeschichte; da kann mir der noch so sympathisch sein; oder scheinen. Da bleibt mein Mund verschlossen. Bica hin, Brandy her. Oder? – Also erzählte ich. Von meinen gescheiterten Versuchen als Musiker. Von der späteren Karriere in einem Großbetrieb, die nur einen „kleinen" Schönheitsfehler hatte: Dass nämlich besagtes Unternehmen dem Vater meiner Frau gehörte. Ich erzählte Manuel, so hieß der aufmerksame Bica-Trinker und Genosse dieser Erzählstunde, von Wilma. Natürlich. Und davon, dass sie mich, ihren Ehemann – bei aller finanziellen Freizügigkeit –, am engen Halsband und an der kurzen Leine hielt. Verdammt noch mal. Wirklich. Und erzählte von den Überlegungen, diese Situation, die jetzt schon an die zehn Jahre andauerte, zu ändern.

Er hörte aufmerksam zu, nahm hin und wieder einen Schluck.
Zwischendurch hatten wir wieder Kaffee und Brandy geordert. Und Manuel hörte, wie gesagt, aufmerksam zu. „Verstehst du, wie eine Schlinge ist das! Da mag sie noch so vergoldet sein: Es ist und bleibt für immer eine Schlinge!"
Er nickte (aus seinem Stadttheater-Khaki heraus).

Pause. In unmittelbarer Nähe kichern zwei halbwüchsige Mädchen, jede ein Eis balancierend. Sie gehören offensichtlich zu einem Paar: sie, attraktive Rothaarige, Mitte dreißig, ein Mineral „con gas" vor sich; er, um einiges älter, fast kahl, dicklich, mit einem beinahe ausgetrunkenen Bier. Jetzt diskutieren sie, ob er noch eines bestellen darf. Er darf vermutlich nicht. Die Frau tut mir leid.

In die Geräusche des Fernsehapparats aus dem Café heraus, in den Lärm eines tollkühnen Gitarristen und Sängers und mehrerer Geräuschgeräte internationalen Formats also, sagt mein alter Freund, den ich erst seit heute kenne (was mir jetzt zu Bewusstsein kommt): „Ja. Es gibt für alles eine Lösung. Aber immer nur eine für eine bestimmte Sache. Eine bestimmte Lösung für ein bestimmtes Problem. In deinem Fall, mein Freund, wird es nicht ganz leicht sein ... Aber ich verspreche – wir finden sie, die Lösung."

obrigado

Wir hoben unsere Gläser, wir stießen an. „Auf das Heute und auf das Morgen!“, sagte Manuel.
Damit war wohl, klar, dass mit WIR er und ich gemeint sein sollten.

Mir war die Sache alles Andere als geheuer ...
Erstaunlicherweise hatte Wilma von Anfang an in diesen Ausflug mit dem alten Portugiesen eingewilligt; obwohl sie ansonsten fast immer Unternehmungen, die ich mit Bekannten plante oder ins Auge fasste, zu unterbinden wusste. Mit einem Fischerboot, das einer von Manuels Freunden, Alberto (oder: Juan?) genannt, lenkte, mit diesem Boot fuhren wir in Richtung Armacao de Pera. Unterwegs wollten wir, so sah es des Alten Plan vor, in einer der Buchten vor Anker gehen. Hier, an der Algarve, hatten die Jahrmillionen ein Spiel von erstaunlicher Ungerechtigkeit gespielt: Schicht um Schicht musste der Stein der Gewalt des Wassers weichen. Sichtbare Folge waren prächtige bizarre Formationen. Und die Aussicht, dass eines Tages das Meer ganz gewinnen würde.

Während Alberto (oder: Juan? – egal) alles für die zu grillenden Fische vorbereitete, würden wir drei, also: ich, dann Wilma und Freund Manuel (er war tatsächlich stolz, den Namen des angeblich berühmten Generals Delgado zu tragen!) – kurz: Wir würden die Klippen über einen Weg, den nur Manuel kannte (oder: vorgab zu kennen!), erklimmen; und dann –

Es würde einfach sein, es würde einfach geschehen. Das ..., das war mir die Gage, die Manuel (ob er tatsächlich mit dem General verwandt war?) verlangte, immerhin wert. Doch: Es würde einfach geschehen. Verstehen Sie? Vor sich gehen. Und alles würde vorbei sein. Ja, das war mir die zehn Millionen Escudos allemal wert, die Manuel gefordert – nein: vorgeschlagen hatte. In sanftem Ton und mit ebensolchem Blick. *(Es ging mir indes nicht um die Erbschaft. Außerdem: Ihr zu erwartendes Ausmaß würde das Entgelt des alten Portugiesen ohnedies zum Obolus degradieren – es ging mir um viel mehr: um FREIHEIT!)*

Ich hatte Zukunftspläne, o ja. Endlich wieder. Bei Alfredo, einem alten Bekannten Manuels, der in der Altstadt von Lissabon – laut Manuels Beschreibung – ein florierendes Lokal mit Bar et cetera führte, würde ich zwei, drei Mal die Woche als Barpianist wirken; mein insgeheimer Wunsch, lange bevor ich vor gut dreißig Jahren aus dem Konservatorium von G*** geflogen war. Die übrige Zeit würde ich in einer hübschen Villa verbringen, bei deren Erwerb mir der Alte behilflich sein wollte. In Carvoeiro oder in Silves oder vielleicht im malerischen Portimão.

Es gibt vermutlich ärgere Todesarten als die, von einer dreißig, vierzig Meter hohen Klippe in der Algarve gestoßen zu werden; noch dazu angesichts der wunderschönen Aussicht von da oben. Man sagt im Allgemeinen diversen Gifttoten keine besondere Annehmlichkeit nach; und auch das Erhängen wartet nicht gerade mit einem Plus an Ästhetik auf. Erschießen? Vielleicht. Aber –
Wo Klippen sind, dort soll man nun einmal Klippen verwenden. Denn auch ein Mord verlangt nach einer

entsprechenden Zweckmäßigkeit. *(Wobei im vorliegenden Fall das Ambiente durchaus bestärkend für die gewählte Variante sprach: Einmal noch das Opfer einen schönen Ausblick genießen lassen!)*

Wilma war an diesem Juli-Vormittag erstaunlich wenig unfreundlich. Für ihre Begriffe wohl schon fast witzig, ja: übermütig ... Sie hatte sich lässig, nichtsdesto weniger elegant hergerichtet und herausgemacht. Gerade genug Make-Up aufgetragen, ihre dunkelblonden Haare fielen wie frisch gewaschen (was sie in der Tat auch waren) auf ihre Schultern. Und der rotblaue Designer-Bikini unterstrich die Qualitäten ihrer Formen, die, wenn sie überhaupt die Mitvierzigerin verrieten, dies in Form eines Kompliments taten. Wäre da nicht dieser strenge Zug um den an sich schon schmalen Mund gewesen, man hätte Wilma für eine überaus elegante Erscheinung aus besseren Kreisen halten können; und für eine aparte Frau, die über Charme verfügt.

Dass wir für unsere Expedition, als deren findigen Organisator ich ihr Manuel vorgestellt hatte, nicht unsere Yacht nahmen – sie wäre von Enrique, dem „Mädchen für alles" auf unseren Urlauben in irgendeinem der Weltmeere gesteuert worden –, dass wir also ein fremdes Fischerboot gechartert hatten, schien sie ausnahmsweise nicht weiter zu stören; im Gegenteil: Wilma wirkte, als ob ihr dieses kleine „Abenteuer" gefiele. Ja, plötzlich, nahe der von Manuel für das Unternehmen vorgesehenen Bucht, drückte sie mir spontan einen Kuss auf die Wange. Und so etwas war in den letzten Monaten kaum mehr vorgekommen ... Ich ertappte mich beim Eintauchen in ein klein wenig Wehmut: War da einmal nicht etwas gewesen? Als sie noch berechtigte Hoffnungen gehegt hatte – mich betreffend? Als sie in mein Weiterkommen, menschlich und im Unternehmen ihres Vaters, noch fundierte Erwartungen zu setzen sich berechtigt glaubte? Als sich mein Versagertum noch nicht so klar manifestierte, sich mein Scheitern noch nicht so unabwendbar vorhersagen ließ ...?!

Alberto (Juan?) hatte den Anker ausgeworfen, dann forderte Manuel uns, Wilma und mich, auf, über den verlassenen, menschenleeren Strand, über dieses Fleckchen Unberührtheit, wie er es nannte, zu schreiten. Bis hin zu den Stufen, die plötzlich, als wären sie sonst versteckt gewesen, zwischen Felsspalten aufgetaucht waren. Hinauf ging es, gut dreißig, vierzig Meter hoch. Dann waren wir am Ziel ... *(Gab es ein Ziel?!)*

Wilma stand ganz nah am Abgrund. Unten sah man, ameisenklein, Alberto (Juan?), wie er sich an Griller, Getränkebox und Kühlkasten mit den Fischen drinnen zu schaffen machte. Ich stand wenige Meter von meiner Frau entfernt, und es fröstelte mich – angesichts der Höhe. Ja: Schwindel erfasste mich, regelrechter Schwindel. Schwindel, von dem ich nicht wusste, ob ihn der Genuss von ein paar Martinis, die wir auf der Herfahrt auf dem Fischerboot getrunken hatten, oder etwas anderes auslöste. Wilma! Ich! Manuel! Ein seltsames Dreieck – des Todes ..., dachte ich plötzlich.
Gibt es kein Zurück?

„Manuel, ich ..." Ich räusperte mich. Dann wandte ich mich um, dorthin, wo ich den Alten vermutete. Dann sah ich das Glänzen in seinen Augen: Er stand da. Näher hinter mir, als ich es erwartet hatte.
„Jetzt!", hörte ich Wilma sagen, scheinbar ohne jede Emotion. „Jetzt, liebster Manuel! Es ist so weit!"– – –
„Ja, Darling", antwortete der Alte. Doch ohne den weißen Schnurrbart (von vorhin noch) und mit seinen pechschwarzen Haaren sah er gar nicht mehr alt aus.
„Gern!"

EINE FRAGE DER OPTIK

Erzählung

> Vieles Lesen macht stolz und pedantisch. Vieles Sehen macht weise, vernünftig und nützlich.
>
> (G. Chr. Lichtenberg)

> Bewegung fesselt mehr den Blick als Ruhendes.
>
> (W. Shakespeare)

Von allen Erzählern waren ihm früh schon die Romanker die liebsten gewesen. Von allen Romantikern E. T. A. Hoffmann. Und von allen Erzählungen Hoffmanns – „Der Sandmann". Diese vergleichsweise kleine Geschichte von aufgewühlten Leidenschaften, geweckt schon in der Kindheit, rückbesonnen später; von Ängsten handelnd; Ängsten vor – ? Ja, wovor denn eigentlich? Vor Liebesentzug als Bestrafung? Vor dem Erwachsenwerden und dem Erwachsensein? Vor Liebe und Sexualität? Vor dem Leben überhaupt?

Er kannte auch Freuds „Vorlesungen zur Einführung in die Psychoanalyse". Und des Wiener Gelehrten „Psychoanalytische Studien an Werken der Dichtung und Kunst". Und er hatte irgendwann, vor vielen Jahren, zufällig entdeckt, dass Edgar Allan Poe (den er ebenfalls sehr gerne las, ja: verehrte) 1822, im Todesjahr Hoffmanns, der sich statt Ernst Theodor Wilhelm als dritten Vornamen – in übergroßer Verehrung Mozarts – das „Amadeus" geklaut hatte, dreizehn Jahre alt war. Und die Zahl 13 hatte für ihn wiederum eine eminente Bedeutung. War ja – –, doch das hat mit dem hier zu Schildernden nichts zu tun. Oder –?!

Ihm waren Sigmund Freuds Theorien über Blendung, Impotenz und diverse ödipale Implikationen, nicht zuletzt ausgehend von Hoffmanns „Sandmann", bestens bekannt. Ja, er las (obwohl er eigentlich alles, vom Urtext bis zu den Erwägungen darüber, längst auswendig hersagen hätte können) mitunter Hoffmann parallel zu Freud; und streute ein paar Poe-Stellen (aus einem hübschen Band; die Übersetzung stammte von Arno Schmidt und/oder Hans Wollschläger) in die so entstandene Lese- und Sinnier-Pastete. Wenn Freud vom Akt der „Selbstblendung des mythischen Verbrechers Ödipus" (auf den Burschen geht´s in literarischen Augen-Fragen letztlich immer hinaus!) als einer „Ermäßigung für die Strafe der Kastration", die üblich gewesen wäre, hinwies; wenn der Erfinder der Psychoanalyse über eine „Ersatzbeziehung, die sich in Traum, Phantasie und Mythus zwischen Auge und männlichem Glied kund gibt" mutmaßte, hatte er stets mit feuchten Händen zum Hoffmann-Band gegriffen, sich Bestätigung oder Widerspruch zu erlesen.
Jetzt war er alt. An den Rollstuhl gefesselt – immerhin, der war elektrisch. Er war ein Greis, den einmal am Tag die alte Haushälterin heimsuchte – oh, es war eine Heimsuchung! –, ihm die letzten übrig gebliebenen Genüsse zu vermiesen bestrebt war; und ihn, den ehemaligen Genießer, zu diesem Zweck mit entsprechender Heimtücke bekochte ...
Vor beziehungsweise nach dieser diabolischen Prozedur putzte die Unholdin die geräumige Wohnung des Witwers – und ihn selbst. Nach dem Essen, dem sie nörgelnd und zugleich die Kalorienzufuhr bewerbend beiwohnte, wusch Frau Waltraud das Geschirr ab. Den vor Jahren schon installierten Geschirrspüler in Be-

trieb zu nehmen, weigerte sie sich hartnäckig. Sie brachte auch stets die frisch gewaschene Wäsche mit und widmete sich ansonsten in tadelnder Weise des Hofrats Lebenswandel (Lebenswandel – welch ein Wort bei einem Rollstuhlfahrer!), wobei sie in erster Linie seinen Sherry-Konsum anprangerte. Ja, und dass er – sie hatte eine eher stümperhaft versteckte Kassette entdeckt – Pornovideos ansah, empörte sie, die angeblich so Fromme, besonders. Nebenbei: Es waren ohnehin bloß Soft-Pornos. Denn Hofrat Dr. jur. Hans Walter Winzer, ehemals hoher Landesbeamter, war nun einmal Romantiker.

***

Seine Tage verrollten ruhig. Denn außer Haus kam er, seine Gehunfähigkeit bedingte dies, nur selten. Und die Freunde von früher waren großteils gestorben. („Meine Serapionsbrüder sind schon drüben ...", dachte er mitunter etwas hoffmannisch angehaucht.) Oder sie lebten in mehr oder minder noblen Altersheimen. Je nach dem, wie erfolgreich sie sich beim Sammeln und Jagen angestellt hatten – in ihrer aktiven Zeit als Geschäftsleute, Politiker, Lehrer, Juristen, Mediziner, Architekten, Aussteiger et cetera ... Einer fuhr, so hatte er Hans per Telefon unlängst erzählt, auch wie er mit dem Rollstuhl durch sein Domizil. Allerdings hatte angeblich die Technik des Geräts einen Defekt; und er stand die meist Zeit an ein und demselben Ort. Was wenig Abwechslung bot, ja irritierend wirkte.

Therese war schon vor fünfzehn Jahren gestorben. Asthma hatte sie von früh an gehabt, aber ..., dass es so rasch gehen würde ... Seit dem Tod seiner Frau hatte sich Hans, damals noch rüstig wie nur!, sukzessive

aus dem sogenannten öffentlichen Geschehen absentiert. (Nebenbei: Es hatten ihm die Empfänge und Gesellschaften, mit seiner Frau zusammen schon kaum Vergnügen bereitet – höchstens das: sie zum Mitgehen gezwungen zu haben! Ohne sie machte ihm der ganze Zirkus überhaupt keinen Spaß.)
Jetzt, mit 83, schien auch er niemandem mehr abzugehen.
Umso mehr freute er sich – zugegeben: bangen Herzens – darüber, dass Erwin, ein 25-jähriger Großneffe, für ein paar Wochen nach G*** kommen und bei ihm logieren würde. (Nur Waltraud hatte zunächst der Mehrarbeit wegen gemurrt. Ein paar Geldscheine der größeren Art waren dann dazu angetan gewesen, die widerwillige Haushälterin rasch umzustimmen.)
Erwin war angehender Germanist, knapp vor dem Fertigwerden. Doch hatte es mit dem Doktoratsstudium ohnehin keine Eile; denn Theodor, Erwins Vater und Hans´ Lieblingsneffe durch all die Zeit, hatte es ja, wie man so zu sagen pflegt. Und ein, zwei verbummelte Semester in einer hübschen alten Universitätsstadt konnten dem Juniorchef in spe eines Süßwarenkonzerns doch nicht schaden. Oder? Außerdem: Erwin dissertierte über E. T. A. Hoffmann, und des Hofrats Vorliebe für den superb-skurrilen Romantiker war familienbekannt. Da mochte manches Gespräch Erhellung bringen. (Und auch des Erbonkels Vermögensstand ließ sich dabei eventuell abschätzen.)
So wartete Hans also auf die demnächst zu avisierende exakte Ankunftszeit des jungen Mannes. Und er stellte sein Greisendasein bereits auf die Anwesenheit jungen Blutes ein: Eine neue Stereoanlage wurde angeschafft, und die Hausbar gebot der Hofrat, entspre-

chend nachzurüsten. (Das freilich sollte nicht Aufgabe der Haushalterin Waltraud sein, sondern von dem Taxifahrer besorgt werden, der den Ex-Juristen stets zu seinem einzigen noch verbliebenen Laster chauffierte: zur wöchentlichen Brigde-Partie ins Romantik-Hotel.)

***

„Noch nie im Leben war ihm ein Glas vorgekommen, das die Gegenstände so rein, scharf und deutlich dicht vor die Augen rückte. Unwillkürlich sah er in Spalanzanis Zimmer; Olimpia saß, wie gewöhnlich, vor dem kleinen Tisch, die Arme darauf gelegt, die Hände gefaltet. – Nun erschaute Nathanael erst Olimpias wunderschön geformtes Gesicht. Nur ... die Augen ... schienen ihm gar –"
Richtig, Hans las wieder einmal Hoffmann. Der Band, der die geliebte Erzählung „Der Sandmann" enthielt, lag in seinem Schoß, Hans saß von der immer wieder sich einstellenden Faszination bei dieser Lektüre aufrecht in seinem Rollstuhl. Er kannte die Geschichte vom unglücklichen Nathanael, von der klar denkenden Klara (sic!), vom Brillentrödler Coppola, der eigentlich der Alchimist Coppelius war (oder doch nicht?!), und vom windigen Wissenschafter Spalanzani zur Genüge. Und doch auch wieder nicht. Er kannte sie auswendig. Und las sie immer wieder. Andächtig.
Hans sah – mehr zufällig als gewollt – aus dem Fenster seines Arbeitszimmers. Er fuhr den elektrischen Rollstuhl näher heran. Tatsächlich: Da schritt, wandelte, tanzte (?) eine Gestalt durch die Räume auf gleicher Höhe (also im ersten Stock) des vis á vis gelegenen Hauses! Er rollte ganz nah ans Fenster.

Wie? – Nein ! – Doch?! – Ja!!!
Die Gestalt war weiblich, schön und – nackt! Eine nackte, junge, schöne Frau (das hatte Hans noch im Gefühl: Die da war jung, jung und schön ...) tanzte durch die weiten Räumlichkeiten. Oh, das hatte Reiz!
Plötzlich, als hätte die Tänzerin den unvermuteten Beobachter im Licht der Stehlampe entdeckt (oder aber: wäre sie von einer Stimme aus ihrer Wohnung dazu aufgefordert worden), beendete sie den lasziven Tanz. Und das Licht in allen Zimmern des Hauses erlosch.

Hans fuhr sich über die Augen. Eine in den letzten Jahren kaum mehr gefühlte Erregung zog seinen Unterleib zusammen. Ja, sein Schwanz stand ihm, tatsächlich. Gutes altes Ding.
Hans rollte zur kleinen Einbaubar hinter dem Schreibtisch des Arbeitszimmers, das in Wahrheit mehr eine Bibliothek war, und schüttete sich einen großen Sherry ein. Er trank hastig. Dann entspannte er sich. Doch eine unerwartete Sehnsucht erfüllte den Greis, nahm Besitz von ihm. Machte ihn glücklich und unglücklich zugleich.

Am Tag darauf harrte Hofrat i. R. Hans Winzer um die selbe Zeit – also etwa um neun Uhr abends – vor dem Fenster seines Arbeitszimmers. Licht hatte er keines eingeschaltet, doch ein „Perspektiv“, wie es bei E. T. A. Hoffmann heißt, hielt er – in Form des alten abgegriffenen Operngucker der Marke „Casa Niccola“ (von Carl Müller, Wien) – in der Rechten.
Neun Uhr. Wieder gingen die restlichen Lichter (ein Zimmer war bereits schwach erleuchtet gewesen) im Haus gegenüber an. Und wieder schritt, wandelte und

tanzte schließlich die nackte Schönheit – jetzt gab Hans das Glas volle Gewissheit: Sie war eine Schönheit! – durch die Räume.
Hans war wie – ganz – gelähmt. Ihre Augen erstrahlten aus dem verzückt-entzückenden Gesicht, das von schwarzem Haar umflattert wurde, in einem Dunkel von unirdischem Glanz – ... Doch wer sieht da nur auf die Augen?! Der Busen ... Er hatte einiges gesehen und befühlt in seinem Leben, aber diese Brüste waren wortwörtlich märchenhaft. Der Schwung von der Schulter zu den dunkelbraunen Warzen im kaum minder dunklen Vorhof, der Schwung, dem ein elegant-runder Abschwung hin zum Oberbauch folgte. Und dann der Bauch, dieser kleine Bauch ... Mit einem Nabel, wie ihn sich niemand (nicht nur Hans nicht) jemals schöner vorstellen hätte können ... Ihre schlanken Arme, die dunklen Achselhaare, wenn sie die Arme im immer ekstatischer werdenden Tanz in die Höhe warf ... Ihre Beine, stramm wie bei einer Balletteuse, doch von zierlicher Gebrechlichkeit, oh, Widerspruch! Und diese Scham erst! Haarumkrauster Lust-Tabernakel, Dreieck, das sich im Tanz – je nach des Standbeins Stellung – in keuscher Geilheit (oh, wie wird ihm?!) auf und abbewegt, die rechte oder die linke Spitze höher, dann wieder tiefer ... Die Arschbacken, bei jeder Drehung des phantastischen Körpers zeigen sie ihr vollendetes Programm; und fährt der Blick den makellosen Rücken hoch – sogleich sind wieder die Brüste im Bild, dann dieser Nabel und das grandiose schwarze Trigon ...
Der alte Hofrat starrte verzückt durchs Fenster. Und während Hans nun tatsächlich einer abging, beendete eine unbarmherzige Lichtregie auch diesmal die köstliche Vorstellung.

Der alte Hofrat war verzückt. Verwirrt. Glücklich. Unglücklich. Ja, verwirrt.
So sollte es die nächsten Tage und Wochen gehen. (Nur dass seine sexuellen Reaktionen, verständlicherweise, nicht an jedem Abend so spontan und überzeugend ausfielen, wie eben geschildert.)
Dann kam die Nachricht per Telefon: Großneffe Erwin sei im Anmarsch.

***

„Ich war festgezaubert. Auf die Gefahr hin, entdeckt und, wie ich deutlich dachte, hart gestraft zu werden, blieb ich stehen, den Kopf lauschend durch die Gardine hervorgestreckt ..." Sinnend senkte Hans das Buch. Wieder war er (natürlich) zu Hoffmanns „Sandmann" zurückgekehrt. Ja, der Hofrat hatte da ein nicht eben geringfügiges Problem. Wie nämlich hätte der Greis zum einen das Geheimnis hüten können, das die allabendlich so wunderschön und nackt Tanzende als einzige Hülle umgab? Wie es hüten können, ohne dennoch des täglich sich wiederholenden Genusses – mit Sicherheit! – verlustig zu gehen?
Wie hätte Hans zum anderen die nun einmal (und noch dazu: mit Freude) ausgesprochene Einladung an den Sohn des Lieblingsneffen rückgängig machen sollen? Notabene jetzt, wo die Ankunft des Familienmitglieds avisiert worden war?
Erwin würde kommen. Und all das Schöne würde enden, das ihn doch so – –
Es war ein Dilemma.
Schwer atmend lag der Greis in seinem Bett. Und dachte, zugegebenermaßen, in erster Linie an die entblößte Unbekannte, die in ihm den Stachel der Lust

wieder sich aufrichten geheißen hatte ... Oh, sie zu verlieren, würde seinen Tod bedeuten ...
Dann kam ihm, er hatte die Nachttischlampe schon etliche Male ausgeschaltet, der Schlaflosigkeit wegen jedoch immer wieder aktiviert; dann kam ihm also ein Einfall. Hans wälzte sich vom – jetzt gewahrte er es: kargen – Lager in den elektrischen Rollstuhl, der wie immer daneben stand. Er fuhr ins Vorzimmer, wo er sich das Telefonbuch holte; rasch hatte er die Nummer der ihm bloß namentlich bekannten Nachbarin von gegenüber herausgefunden. (Wen kennt man heute schon, der im selben Haus wohnt? Und erst – im gegenüber liegenden ...?) Ja, sie musste wohl oder übel die abendliche Odaliske sein! Nein, eher schon: seine Bajadere! (Im Umgang mit orientalischen Begriffen war Hofrat Winzer nicht besonders bewandert. Wilhelm Hauffs „Kleinen Muck" hatte er zwar irgendwann einmal gelesen – von wegen Romantiker! –, aber sonst ... Nein, die Erzählungen des Ernst Theodor Amadeus H. lagen ihm in der Tat mehr am Herzen!)
Hans rollte ins Badezimmer und fischte seine „Dritten" aus dem Glas. Mit Zähnen im Mund spräche es sich vermutlich leichter, dachte der Hofrat.

„Pardon ... Entschuldigen Sie bitte vielmals die späte Störung (immerhin war es bereits gegen elf Uhr) ... Aber es ist wirklich ungemein wichtig, und – – –"
Dieses Gespräch kostete Hans viel Kraft, hatte sich doch nach nur zweimaligem Läuten eine Frauenstimme mit „Ja? Hier Stromberger" gemeldet.
„Pardon", entschuldigte sich der pensionierte Hofrat nochmals. Und fuhr fort: „Ich weiß nicht recht, wie ich beginnen soll ..." Hans schwitzte merkbar. „Also ... Ja, ich – – –"

„Sagen Sie mir doch einfach, wer Sie sind und was Sie wollen", schlug die Stimme namens Stromberger, eindeutig etwas kurz angebunden, vor.
„Ja, natürlich ..." Hans schwamm einerseits beinahe in Schweiß und Unbehagen. Andererseits: Er hatte doch sie – zumindest fernmündlich – erreicht, seine Odaliske (oder doch Bajadere?)!
„Pardon", replizierte er, „hier spricht Hofrat Winzer ..., Wirklicher Hofrat Winzer ... Und ich wohne Ihnen direkt gegenüber ... Mein Großneffe Erwin kommt jetzt dann zu Besuch ... Der ist Germanist und dissertiert über Hoffmann, E. T. A. Hoffmann ... Gnädige Frau ..., mein Fräulein ..., Sie kennen doch Hoffmann, nicht wahr?"
„Ich kenne Hoffmann, E. T. A. Hoffmann", antwortete sein unsichtbares Gegenüber. „Aber, wo liegt Ihr Problem, Herr Wirklicher Hofrat?"
Hans ging auf die offensichtliche Ironie nicht ein. „Verstehen Sie", führte er – ziemlich kurzatmig, übrigens – weiter aus, „jetzt kommt Erwin ... nur für ein paar Wochen, natürlich ...Aber, ich flehe Sie an, gnädige Frau ..., mein Fräulein! Bitte, in dieser Zeit ..., nachher schon wieder! So viel Sie nur wollen! Aber, bitte, in dieser Zeit: Nicht nackt in der Wohnung tanzen! Nicht täglich nackt um neun Uhr abends! Um neun Uhr abends in der hell erleuchteten Wohnung ...! Bitte!"
Pause. Dann: „Sie müssen verrückt sein, Herr –"
„Hofrat Winzer, ich wohne gegenüber, Hans Winzer ... Übrigens ein ehrlicher Verehrer Ihrer hoch-charmanten ..., äh, Kunst, mein – –"
„Egal, egal ..." Die Stimme schien ermüdet. „Aber, Herr Hofrat – oder was Sie sonst auch immer sein mögen, ein Sex-Terrorist vielleicht?!" (Sie kicherte, ja: kicherte!) „Im Ernst: Wie kommen Sie auf die Idee, ich

würde spätabends durch meine erleuchtete Wohnung tanzen? Noch dazu – nackt?!"

„Pardon", Hans war fast am Ende. „Dann ist vielleicht", fuhr er fort, „jemand anderer in ihrer Wohnung, eine Person, die –"

„Hören Sie, lieber Herr Wirklicher Hofrat – vielleicht sind Sie das wenigstens wirklich?!, ich bin Ende siebzig, nächstes Monat werde ich exakt 79 ... Und ich bin bettlägrig. Seit Jahren schon. Ja, ich werde von Maria, meiner treuen Pflegerin, versorgt."

Die alte Dame schien tatsächlich zwischendurch etwas amüsiert zu sein. Hans war es mit Sicherheit nicht. Nein, wirklich nicht.

„Gnädige Frau, pardon ..., aber diese ‚treue Pflegerin' ..., ist die jung?! Ich meine: Tanzt die vielleicht –?" Hans wusste nicht mehr, was er denken sollte.

„Maria?" Jetzt klang so etwas wie glockenhelles Lachen durch den Telefonapparat. „Maria, mein bester Herr, Maria ist 65!" Und Isabella Stromberger, die gewesene Varieté-Tänzerin „Belle Blue", lachte nun tatsächlich lauthals in das Telefon. „Wissen Sie, Hofrätchen, vor 40, 45 Jahren, ja, da hätten Sie mich womöglich wirklich tanzen sehen können! Fast nackt ... Aber heute?" – Und direkt nachsichtig: „Bitte, Herr Hofrat oder wie auch immer, da bilden Sie sich wohl etwas ein ...!"

„Pardon, entschuldigen Sie, gnädige Frau, ich wollte nur ... Pardon, nochmals ..."

„Nichts zu entschuldigen. Und schlafen Sie wohl, Herr Nachbar von gegenüber!" Und die gewesene „Belle-Blue" legte auf.

„Gute ... Nacht auch ..." Hans drückte seinerseits den Hörer auf die Gabel.

***

In zwei Tagen sollte Erwin also kommen. Und die tanzende (seine!) Nackte tanzte. Tanzte weiterhin. Tanzte. Ab neun Uhr abends. Bei beleuchteten Fenstern, die Hans von Mal zu Mal heller erleuchtet schienen. Der Tanz lasziver noch als vor kurzem.
Sein Hoffmann selbst konnte ihn nicht beruhigen: „„Nun, Kinder – zu Bette, zu Bette! Der Sandmann kommt, ich merk' es schon. Wirklich hörte ich dann jedesmal etwas schweren, langsamen Tritts die Treppe heraufpoltern; das musste der Sandmann sein."
Und Frau Stromberger – alias „Belle Blue" – getraute er sich natürlich auch nicht, nochmals zu kontaktieren.
Womöglich bildete er sich das schöne nackte tanzende Mädchen bloß ein?, schoss es Hans durch den Kopf. Vielleicht war sie nur eine sexuelle Obsession?! (Auch Klara wirft bei Hoffmann ihrem Geliebten Nathanael vor, sich den Sandmann Coppelius einzubilden. Das Böse sei gleichsam eine Projektion eigener Ängste und Unsicherheiten. – Wogegen sich nicht einmal der alte Freud verwahrt hätte ...!)

Hofrat Winzer wusste nicht mehr, was er tun sollte. Ein paar Tage hindurch würde es vielleicht gelingen, den Großneffen abzulenken. Ja, ein paar Tage lang vermöchte er, Erwin abzuhalten; ihn am Blick auf die reizvolle nackte Tänzerin zu hindern. Durch Gespräche, gemeinsames Trinken, durch Theaterkarten et cetera. Aber – es würde der Abend kommen, an dem – das wusste Hans – sein junger Verwandter um neun Uhr abends aus einem der sieben Fenster blickte. Um neun, wenn die Göttliche gerade tanzen würde in nackter Pracht. Oh, es würde geschehen.

Hans merkte, dass er nicht nur schwitzte, sondern auch eifersüchtig war.
Zehn nach neun. Das Licht erlosch in allen Fenstern im Haus gegenüber. Hans wischte sich den Schweiß von der Stirn. Im Bett dann blieb er noch Stunden wach. Er träumte, endlich ermattet eingeschlafen, von der unbekannten Schönheit, die – der Traum spielte allem Anschein nach in einem Etablissement einschlägiger Art – als „Belle Blue“ angekündigt wurde, wobei der schmierige Conférencier obszön mit der Zunge schnalzte.

***

Bis jetzt war alles schon schwierig genug für Hans gewesen. Schwierig? Enervierend – und zugleich wunderschön! Die Tanzende, die nackte Tanzende, allabendlich ab neun Uhr in der vis-á-vis-gelegenen Wohnung ... Die Nackte im gleißenden Licht, von Tag zu Tag begehrenswerter. Lasziver der Tanz. Fordernder ... Oh ...
Und jetzt stand Erwin also vor ihm.
„Lass´ dich umarmen, mein Sohn!“ Erwin hatte seinerseits, sich zum Rollstuhl bückend, die Arme um des zerknitterten Hofrats Schultern gelegt.
„Sooo klein warst du“, der Hofrat zeigte mit zittrigen Händen und etwas umständlich, wie klein Erwin gewesen sei (oder zumindest: wie klein er ihn in Erinnerung hatte), „als ich dich das letzte Mal gesehen habe! Aber, komm, wir wollen in den Salon. Frau Waltraud hat allerhand vorbereitet!“
„Danke, Onkel Hans“, erwiderte Erwin und schritt hinter dem elektrischen Rollstuhl her. „Du sollst dir, bitte, meinetwegen keine Umstände machen. Auch Frau Waltraud nicht, ich –“

„Schon gut, schon gut", ertönte es aus dem Stuhl, der recht flink durch die Tür in den Salon gondelte.

***

„Dunkle Ahnungen eines grässlichen mir drohenden Geschicks breiten sich wie schwarze Wolkenschatten über mich aus, undurchdringlich jedem freundlichen Sonnenstrahl ..."

Hans saß im Arbeitszimmer und las in seinem „Sandmann". Vor sich ein Glas Sherry – erst jetzt wurde er gewahr, dass er schon Jahre hindurch praktisch ausschließlich Sherry der Marke „Sandeman" trank. Dry Seco, fino Sherry ...The House of Sandeman, Jeréz, Spain ...

Edgar Allan Poe kam ihm in den Sinn: „The Fall of the House of Usher". House of Sandeman ... House of Usher ... Er rollte zur gewünschten Stelle der Bücherwand in seiner Bibliothek (die das riesige Arbeitszimmer letztlich war) und wählte unter verschiedenen Poe-Ausgaben ein illustriertes, alt-ehrwürdiges Exemplar aus. Wieder im Lichtkegel der Schreibtischlampe las er: „The room in which I found myself was very large and lofty. The windows were long, narrow, and pointed, and so vast a distance from the black oaken floor as to be altogether inaccessible from within. Feeble gleams of encrimsoned light made their way trough the trellised panes, and served to render sufficiently distinct the more prominent objects around – –"

Trotz seiner Anspannung musste der greise Hofrat lächeln, gedachte er der Übersetzung durch Arno Schmidt mit ihren Compaganon-Zeichen, „&", die so oft statt der „und" eingefügt waren und die ihn anfänglich belustigt hatten, bis er etwas tiefer in Werk und Seele dieses genial-kauzigen Schriftstellers eingedrungen war.

„Der Raum, in dem ich mich fand", lautete der Beginn der übersetzten Stelle, „war überaus groß und hochgewölbt. Die Spitzbogenfenster waren lang & schmal, und in beträchtlicher Höhe über dem schwarzeichenen Parkettboden gelegen –"

Nein, zu Spitzbogenfenstern und dazu passenden Schlössern hatte er es nicht gebracht. Aber zu einer veritablen Fatamorgana – allabendlich um neun Uhr! Denn musste er sich nicht damit abfinden, dass die junge nackte Tänzerin eine Halluzination war ...?!

Oder versuchte er sich das nur einzureden, um das göttliche (nein: teuflische???) Wesen vor den begehrlichen Augen des Großneffen letztlich nicht verborgen halten zu müssen?! Denn bei allem Raffinement – wie lange sollte so etwas gut gehen?!

Nun war es weit über elf. So wie am Vortag hatte er es auch heute wieder geschafft, Erwin durch gute Gespräche und noch bessere Weine bei der Stange zu halten. Er hatte den jungen Mann auch so geschickt platziert, dass dieser kaum in eines der gegenüber liegenden Fenster blicken hätte können; eine Vorsichtsmaßnahme, die für ihn übrigens mit der Aufgabe seines Lieblingsplatzes verbunden war ...

Nein, Hans wusste es, ahnte es zumindest: Die Nackte war nackt und jung und keine Einbildung seines greisen Geistes (und Körpers ...). Dazu waren die Eindrücke zu stark. Wahrscheinlich hatte Frau Stromberger heimlich, still und leise eine Nackttanzschule aufgemacht! Warum sollte die ehemalige „Belle Blue" – er hatte sich erkundigt, eine Dame dieses Künstlernamens war

dereinst tatsächlich in einschlägigen Lokalen in G*** aufgetreten! –, warum sollte sie nicht ein angemessenes Zubrot genießen durch das Honorar junger Nachfolgerinnen, die sie unterwies?
Also, Erwin würde seine nackte Schöne entdecken. Vermutlich – bald schon. Was dann zu tun ist? Warten wir es ab, dachte der Hofrat. Warten wir es ab.

***

Jetzt sah er sie. Ungläubig wischte er sich über die Augen. Ja. Eine – allem Anschein nach – junge, schöne Frau wandelte, schritt, tanzte durch die Räume der Wohnung im ersten Stock des gegenüber liegenden Hauses! Oh, der Anblick, der war geil!
Erwin spürte, wie sich sein Glied aufrichtete.
Es pochte darin, wie er es seit der Pubertät nicht mehr – so ganz ohne fremdes oder eigenes Zutun – empfunden hatte. Da ging die Ladung auch schon los. Und die Lichter erloschen.

***

„Wer ist diese Frau?", fragte Erwin am nächsten Morgen den Onkel beim gemeinsamen Frühstück.
„Welche Frau ...?", tat Hans unwissend. „Wo soll eine Frau sein ...?! Ich meine: Außer Waltraud, unserer verehrungswürdigen Vestalin, ist doch kein weibliches Wesen um uns ...!"
„Onkel Hans, ich bin doch nicht blöd! Da hat eine Frau getanzt, gestern um neun am Abend! Nackt, bitte, und – schön ...! In den Räumen des Hauses vis á vis, im ersten Stock! Du musst sie doch auch gesehen haben!"

EINE FRAGE DER OPTIK

Erwin bekleckerte seinen linken Hemdsärmel in der Aufregung mit Johannisbeer-Marmelade.
„Du hast dich bekleckert", ergriff Hans eine Möglichkeit zur Ablenkung. Und das Hinzutreten der alten Haushälterin beendete vorläufig die Debatte.

***

Abend für Abend warteten nunmehr die beiden Liebhaber – dank irgendwelcher Vorwände jeder allein in eines der Zimmer verschwunden – auf den Tanz der nackten Schönen, auf die körperlich so entspannende Darbietung. Und das Bild tat stets (beim Alten mitunter) seine Wirkung.
Bis es Erwin nicht mehr aushielt.
„Ich muss sie haben!", rief er aus.
„Du – willst –?!" Hans schwieg. Sie hatten einander endlich doch im matt erleuchteten Arbeitszimmer zusammengefunden. Was sollte es, der Konflikt war unausbleiblich, überlegte der Hofrat bei sich. Der „Showdown", dachte Erwin, war fällig.
„Ja, Onkel! Ich gehe hinüber, heute Abend, um neun Uhr ..., wenn sie zu tanzen beginnt!"
„Untersteh´ dich! Das wirst du nicht tun!", Hans war außer sich. „Du wirst sie mir nicht wegnehmen! Sie gehört mir, mir allein!" Den gebrechlichen Körper des greisen Hofrats durchfuhr ein Schauer.
„Ich muss! Wirklich, Onkel Hans, ich muss!", erwiderte Erwin, innerlich glühend.
Es war inzwischen neun Uhr abends geworden. Frau Waltraud hatte – wieder einmal – murrend das kaum berührte Nachtmahl abserviert. Sogar die Weinflasche war ungeöffnet geblieben.

Gespannt sahen die Kampfhähne auf die gegenüber liegende Häuserfront. Natürlich hatte Erwin die – endlich notgedrungen wiedergegebene – Erzählung des Alten nicht geglaubt; von wegen Frau Stromberger alias „Belle Blue" ... Das da war ein junges Mädchen, ein verdammt schönes und allem Anschein nacht wild entschlossenes, nicht nur zu tanzen ... Er knirschte mit den Zähnen. (Wäre Erwin als Germanist und Hoffmann-Adept fleißiger gewesen, er hätte wohl auch noch mit den Augen gerollt! Aber so – –)

Da – Licht entflammte, die Nackte tanzte.
„Ich komme!", rief Erwin, wie in Trance.
„Du bleibst!", donnerte der Hofrat. Und er richtete sich im Rollstuhl auf. „Ich befehle es dir!" Er packte den Jüngeren, der neben ihm stand, am Hemdsärmel, den er dabei einriss. Dann brach er zusammen.
Erwin machte sich vom Bild der Nackten los und fühlte des Alten Puls – doch da gab es nichts mehr zu fühlen. Schlaff hing der Körper im Rollstuhl. Die Augen stierten gegen das Fenster. Und die Nackte tanzte furios ...
Erwin drückte die Augen des Toten zu. Dann flog er förmlich aus der hofrätlichen Wohnung.

***

Auf die Straße.
„Nun raste Nathanael herum auf der Galerie und sprang hoch in die Lüfte ...", heißt es bei E. T. A. Hoffmann. Doch Erwin stürzte, ähnlich wie der unglückliche Held der Erzählung, wenig später vom Aussichtsturm herab, hinunter auf die Straße.

Hinein ins Haus, dessen Tür offen stand: einladend. Hinauf in den ersten Stock. Anläuten bei der Tür mit dem messingenen Schild: I. Stromberger.
„Nun, bitte, beruhigen Sie sich erst einmal, mein Herr!“ Maria hatte Erwin geöffnet und ihn, einem entsprechenden Auftrag ihrer Gnädigen nachkommend, in den Salon gebeten.
„Wollen Sie vielleicht etwas trinken?“, fragte die mollige Mittsechzigerin.
„Nein, danke ... Aber, wo ist sie?!“, keuchte der junge Germanist.
„Bring ihn zu mir, Maria!“, erklang es vom Gang her.
„Ja!“, sagte die Pflegerin. Und zu Erwin: „Bitte, folgen Sie mir.“

***

Das Schlafzimmer lag im Halbdunkel. Erwins Augen gewöhnten sich jedoch rasch daran. Er bemerkte eine Unmenge alter Fotografien, Plakate und Zeitungsausschnitte an den Wänden. Ein Himmelbett dominierte den großen, mit Samttapeten ausgekleideten Raum. Eine Nachttischlampe wurde angeknipst. Und Erwin gewahrte eine, wie es schien, ziemlich schwächliche ältere Frau in den Kissen des in üppigem Faltenwurf wuchernden Himmelbetts.
„Wer sind Sie, junger Mann? Und was wollen Sie? Ich bekomme nämlich, müssen Sie wissen, nur selten Besuch ...“ Und zu Maria gewandt: „Stimmt doch, meine Liebe?!“
„Ja, gewiss“, erwiderte die Angesprochene.
Nun, die ehemalige „Belle Blue“ – sein Großonkel hatte also nicht gelogen gehabt – verfügte ja über einigen Charme. Aber sie konnte unmöglich die Tänzerin sein,

die den Mann, der jetzt, drüben, gegenüber tot im Rollstuhl saß, so fasziniert hatte. Die ihn, den Jungen, in Ekstase versetzt – – Es wurde ihm schmerzlich klar.

„Ich ..., also ... Mein Name ist Erwin Winzer. Ich bin zu Besuch bei meinem – Großonkel", stellte sich Erwin vor und nahm auf eine Geste der alten Dame hin auf einem rosa Hocker neben dem Bett Platz.

„Ah, der Großneffe vom Herrn Wirklichen Hofrat von vis á vis ...?", fragte die ehemalige Varieté-Tänzerin. „Und –"

„Ja, also, ich – mein Großonkel und ich , wir haben da eine ..., hm, eine nackte Frau gesehen ... Eine Nackte ... Eine Nackte, die jeden Abend um neun Uhr durch Ihre Wohnung hier tanzt ...!" Erwin wischte sich den Schweiß von der Stirn.

„Junger Mann, Ihre Phantasie in Ehren ... Aber hier tanzt wirklich keine nackte Frau! Auch Ihrem Herrn Großonkel habe ich das schon vor einigen Tagen am Telefon versichert. Oder – denken Sie etwa, ich sei es ...?!", amüsierte sich Isabella Stromberger alias „Belle Blue". „Und auch meine treue Maria zieht sich sicherlich nicht aus, um Sie und den Herrn Hofrat ... aufzumuntern!"

„Nein, wirklich nicht!", schaltete sich die Pflegerin ein. „Ich hab´ andere Sorgen ..."

Erwin erhob sich wie mechanisch.

„Entschuldigen Sie, bitte ... Es muss wohl tatsächlich eine Halluzination gewesen sein ... Und der arme Großonkel –"

„Was ist mit dem Herrn Hofrat?", fragte die ehemalige „Belle Blue" rasch und – wie es schien – mit echter Anteilnahme in der Stimme.

„Ach, er –"

Erwin sah hoch und durch eines der Schlafzimmerfenster, dessen Vorhang nicht ganz zugezogen war. Drüben waren plötzlich alle Lichter angegangen.
Und die junge schöne nackte Frau wandelte, schritt, tanzte durch die Räume.

<u>**Literatur:**</u>

Sigmund FREUD, „Psychoanalytische Studien an Werken der Dichtung und Kunst". Leipzig-Wien-Zürich 1924.
Ders., „Vorlesungen zur Einführung in die Psychoanalyse". 4. Aufl. Leipzig-Wien-Zürich 1922.
Ernst Theodor Amadeus HOFFMANN, „Der Sandmann". In: „Spukgeschichten und Märchen". München o. J.
Robert MÜHLHER, „E. T. A. Hoffmann und der böse Blick". In: WAS. Zs. f. Kultur u. Politik. Nr. 84 (Graz 1996).
Edgar Allan POE, „The Complete Illustrated Stories And Poems". London 1994.
Ders., „Werke I". Berlin-Darmstadt-Wien 1966.

Zu Freuds Kastrationsangsttheorie:
Gero von WILPERT, „Die deutsche Gespenstergeschichte. Motiv – Form Entwicklung". Stuttgart 1994. Wilpert schreibt: „Dass die Bedrohung der Erkenntnisfreiheit und des Organs der Erkenntnisfähigkeit in besonderem Maße den angehenden Dichter (Anm.: Nathanael) betrifft, der einerseits Außenwelteindrücke verarbeitet, andererseits durch zügellose romantische Subjektivität und Introversion gefährdet erscheint, ist als Bedrohung der künstlerischen Existenz gravierend genug. Es bedarf daher nicht des Versuchs, wie in Sigmund Freud (...) unternimmt, ihre Erfahrung mit der Kastrationsangst gleichzusetzen." (S. 216).

TSCHAIKOWSKYS ERSTES KLAVIERKONZERT

oder

Sie müssen doch etwas gehört haben

Kriminalgroteske

Musik wird oft nicht schön gefunden,
weil sie stets mit Geräusch verbunden.

(Wilhelm Busch)

„Ich verstehe Ihre Erregung durchaus", versicherte der junge Untersuchungsrichter der alten Dame, die ihm gegenüber saß, durch den breiten Schreibtisch (und den Unterschied zwischen Rechtsamt und Zeugin-zu-sein-Haben) getrennt, und die ihn nichts desto trotz aus blauen Augen geduldig ansah. „Da passiert ein bestialisches Verbrechen direkt nebenan! Sie werden Zeuge, äh – Zeugin, ja, und ... Ihre Aussage hat da ... Also, was Sie zu sagen haben könnten, könnte für die Behörde schon von besonderer Bedeutung – – – Kaffee?"

„Nein, danke – so spät in der Nacht lieber nicht", wehrte die Weißhaarige ab.

„Aber mir noch einen", wandte sich Untersuchungsrichter Bülow an einen der Beamten. Rubinstein schenkte aus der Thermosflasche in eines der „I love You"-Häferln des U-Richters.

Silvia, Bülows Sekretärin, hätte sie die Szene miterlebt, wäre vermutlich ein „Heut´ ist er aber wieder arrogant!" aufgestiegen. Doch Silvia schlief den Schlaf der Gerechten. (Oder schwärmte sie noch durch die Nacht, Disco-Vogel, ungebremster, kleiner ...?! Nein, es war ja nicht Freitag.)

Der Beamte Rubinstein kam mit dem braunen, dampfenden Getränk an den Tisch des Vorgesetzten. Den Silvia als arrogant eingestuft hätte. Indes: Er war nicht arrogant, nicht arroganter als andere. Dr. Detlf Bülow war Untersuchungsrichter, 44 Jahre alt, verheiratet und auch sonst frustriert. Ja: Und – entweder ist man Untersuchungsrichter, oder man lässt es.
Gequält mochte er schon hin und wieder wirken. Gequält.
So wie gerade jetzt. Wo diese Oma – Sauer hieß sie, oder? Ja, Helene Sauer, 71, verwitwet –, also, wo die da als Zeugin zu nichts zu gebrauchen war. Einfach zu nichts!
Da, Bülow hatte sich, wie in vielen Fällen, die er bearbeiten musste, mit Kaffee bekleckert.
Helene Sauer versuchte dem konfusen Juristen zu helfen, wirklich. Also, erzählte sie weiter, da habe sie gesehen, wie sie schon beschrieben, eingangs ... In der Zwischenzeit habe die Frau Hanslick, die Nachbarin, rechts, die Polizei verständigt. Später sei dieser Kommissar Knilch (oder so ähnlich) gekommen, mit einem Assistenten, der wie nach einer Biermarke hieß, die ihr verstorbener Mann immer so gern in München getrunken hatte; da waren sie des öfteren gewesen, bei ihrer Schwester Helga; ja, die hatte im Krieg hingeheiratet, weil sie den Erwin kennen gelernt ... – Ja, Paulaner, so hieß der Assistent vom Herrn Kommissar. Sie selber mache sich freilich nicht viel aus Bier. Ein Gläschen Eierlikör vielleicht, so hin und wieder ... Ob er, der Herr Rat, auch hin und wieder einen Eierlikör ...?
Dr. Bülow kleckerte erneut. Diesmal auf seine Weste, zuvor war der Fleck auf die Hose gegangen. Sieben von zehn Kaffeeflecken gingen auf die Hose, zwei aufs

Hemd. In der Weste war diesmal – literarisch überdreht gesagt (doch Bülow las kaum Belletristik, schon gar nicht Remarque) – was Neues.
„Wir werden Sie nach Hause bringen, Frau – äh, Sauer!"
„Danke, Herr Rat", sagte die unbrauchbare Zeugin, in Unkenntnis der juridischen Hierarchie erneut kräftig daneben langend, während der bekleckerte Kaffeetrinker einem der Seinen den Auftrag erteilte, Oma Sauer heimzufahren.

***

Wenn die Kinder im kleinen Park spielen, scheint alles stillzustehen: Besonders die Zeit bewegt sich für einen kleinen Moment nicht weiter; die Vergangenheit bittet – zumindest die Tauben – zu Tisch; es ist Frühjahr mit all seinen Gerüchen, auch wenn es November ist und die Kinder schon ihre dicken Fast-Wintersachen an haben.
Stark sind die Gerüche, da neben dem Baum ... Nicht, was die Hunde hier verrichtet haben und die Sandler, nachts, wenn alles zum Pissoir wird. Stark sind die Gerüche, die Helene aufnimmt. Ihre Nüstern blähen sich, wenn man so etwas angesichts der schmalen Nase der 71-Jährigen sagen darf. Von drüben, über Park und Zufahrtsstraße: der türkische Stand mit dem Hammelfleisch. Einmal hat sie sich sogar eines gekauft, zwischen zwei Weißbrotscheiben war das duftende Fleisch gepresst gewesen, vom spitz zulaufenden, hohen Dönerkebab-Turm geschnitten; mit Senf, Ketchup, Zwiebelringen und einem Salatblatt. Freundlich war er, der Imbiss-Wirt (der natürlich nicht Ali hieß und auch nicht Mustapha). Nein, nicht nur freundlich war

er – durchaus lieb. Und dass sein Name Harley sei, hatte er der alten Frau erzählt. Die Runde um seinen Imbiss-Stand grölte. Wirklich, Harley. Er sei Österreicher, hier geboren. Sein Österreichisch sei so österreichisch wie das der anderen Österreicher! Also deutsch, hatte er gesagt, während er ein Bier trank und den Ofen bewachte und den Hammelfleisch-Turm, um den die Fettspritzer glitschten wie die Funken um eine Wunderkerze.
Warum er den ‚Harry' hieße? Helenes Frage klang klein.
Gelächter.
Nicht Harry – Harley! Verstehen Sie, gnädige Frau: Mein Vater wollte sein ganzes Leben lang eine „Harley Davidson"! Dazu hat´s nie gereicht. Und jetzt ist er schon zwei Jahre tot. – Auch die österreichische Staatsbürgerschaft hätte er wirklich gern gehabt, mein Vater ... Aber ich *bin* österreichischer Staatsbürger. Und heiße Harley.

***

Vom Spielplatz waren es kaum zwanzig Meter bis zum Eingang des Hauses. Helene sieht ihre Wohnung – zumindest das Wohnzimmer mit den zwei Fenstern; und das Schlafzimmer mit dem einen. Die Küche ist ums Eck. Nebenan ist die Wohnung von dem Neuen. Borodin heißt er, wie dieser russische Komponist.
Die „Polowetzer-Tänze" fallen ihr ein. Ihr Mann hat Opern gemocht, auch russische. Obwohl er den „Iwan" nicht gemocht hat. Mein Gott, die Nazis haben ihm alles genommen – aber Wagner hat er auch gern gehört. Bis zuletzt. Man muss da unterscheiden, hat er gesagt. Und die „Polowetzer Tänze" aus Borodins Oper

„Fürst Igor" – die hätte Emil, also ihr verstorbener Mann, pfeifen können, auch um drei Uhr früh, wenn er aufgeweckt worden wäre! Aus dem Tiefschlaf. Und ohne Zähne.
Jetzt hört sie immer – Tschaikowsky. Aus der Nachbarwohnung, deren Fenster und Räume ähnlich angeordnet sind wie die ihren, nur spiegelverkehrt. Tschaikowskys erstes Klavierkonzert, in b-Moll, op. 23. Immer, stundenlang. Dann ist Pause. Nie, wenn es erklingt, erschallt es laut. Und doch – auch wenn es nicht ertönt, ist es gleichsam da, auch in diesen Pausen ...

Helene hat nachgeschaut im Lexikon: Pjotr Iljitsch Tschaikowsky. Geboren 1840 in Wotkinsk, gestorben 1893 in St. Petersburg.
Ach, wäre Tschaikowsky nicht schon 1893 gestorben: Er hätte, möglicherweise, die Bekanntschaft ihres Großonkels Egon machen können. Der war Zahnarzt und anno 1894 bei einem Kongress in St. Petersburg. Aufregend soll das alles gewesen sein, wurde bei diversen Familienzusammenkünften immer und immer wieder erzählt: die lange Bahnfahrt mit der Spurumstellung nach der Grenze ins russische Zarenreich ...
Aber 1894 – da war Tschaikowsky schon tot. Und – ob er sich überhaupt für zahnärztliche Kongresse interessiert hatte?
Johann Strauß, ja: Der komponierte doch für jeden Anlass, für jeden Verein, für alles, wo Geld dabei herausspringen würde. Der hätte vermutlich sogar einen „Dentisten-Kongress-Walzer" komponiert oder eine „Zahn-Polka" ... Aber Tschaikowsky?!
Jetzt tat sich etwas hinter dem einen Vorhang. Sie sah es: Hinter einem der Wohnzimmerfenster bei Borodin,

da bauschte sich der Vorhang! Dann wurde er förmlich heruntergefetzt ...! Was war das?
Es war erst vier Uhr Nachmittag, aber die Sicht war vorwinterlich, neblig verstellt erschienen die ansonsten so vertrauten Züge des Hauses, die Konturen wirkten wie verwischt ...
Ein Schatten, nein zwei. Der eine schien auf ein „Etwas“ darunter einzustechen, einzuschlagen ... Dann der zweite Schatten: Auch er hatte was in seiner Schattenhand – schließlich ein Feuerstrahl!!! Kurz danach: Beide Schatten. Und das „Etwas“ – jetzt wirkten sie irgendwie gebückt ... Ja, die Schatten trugen etwas, sie schleppten, schleiften, ja: schleiften jemanden! Doch – wohin?
Helene Sauer war sich ganz sicher: Da fiel gerade was vor ...
Sie erhob sich, so rasch sie es vermochte – die leichte Arthrosis deformans, die ihr der Hausarzt, Dr. Heuberger, ja schon vor Jahren prophezeit hatte ... Dann zum Haus, die Eingangstür aufsperren, auch wenn die Fingerchen partout ein wenig zittern ... Und hinauf in ihre Wohnung.

***

Silvia wäre vermutlich schwer angestanden, hätte sie jemand gefragt, warum sie jeden Freitag abends in irgend eine der mehr oder weniger öden Discos ging. Freilich, auch andere in ihrem Alter und sogar in ähnlichen Berufen – Silvia Haslinger ist 23, Single und seit zwei Jahren als Sekretärin bei Gericht, exakt: bei Untersuchungsrichter Dr. Detlef Bülow tätig (dem „arroganten“, der doch nur „gequält“ wirkt!) –, also, Silvia und Konsorten gehen am Freitag, zum Wochenausklang, wohin? Dorthin, wo sie sich ein bisschen „Action" erwarten dürfen, ein wenig Mit-Menschlichkeit und Kontakt. Es sei denn, sie sind – wie zum Beispiel viele ihrer ehemaligen Schulkolleginnen – in festen Händen; womöglich gar schon verheiratet und Mütter. O Gott! Mütter! Mit 23?!

Nein, Silvia war eigentlich froh, dass Kurt nach zwei Jahren Gemeinsamkeit sein Vorhaben, auszuziehen, „durchgezogen hatte", Originalton: „Beinhart!". Er war abgehauen (untergetaucht?). Jetzt konnte sie sich ihr kleines Daheim, das Papi und Mami dem „Mädi", schon als sie zwanzig geworden war, eingerichtet hatten („Man kann ja nie wissen, was noch alles kommt, nicht wahr?!"), erst einmal nach Herzenslust ummodeln.

Und jetzt war Showtime angesagt. Jeden Freitag. Mal war sie mit Yvonne, ihrer einzigen Freundin von früher, unterwegs und mal auch allein. So wie heute. Im „Boolaloo".

„Gestatten?" Der dunkelhaarige Anfangdreißiger sitzt auch schon neben Silvia an der Theke und ordert bei Herby einen Jack Daniel´s, „doppelt, aber ohne Eis". Und an sie gewandt: „Der Platz ist doch frei, Fräulein ...?"

„Klar", sagt Silvia und nippt an ihrem Manhattan.

„Ich weiß, es wirkt altmodisch – aber darf ich mich vorstellen?", und der Unbekannte – der Einzige mit Krawatte im ganzen Schuppen, vermutlich auch der Einzige in Designer-Klamotten, schätzt Silvia, ihn rasch taxierend ein – ist schon wieder vom Barhocker herunten und reicht ihr die Hand: „Borodin, Alexander Borodin. Aber, bitte, lachen Sie nicht!"

Silvia ihrerseits weiß nicht, warum sie lachen sollte; weiß nicht, was an Alexander Borodin so witzig sein sollte (sie kennt auch die „Polowetzer Tänze" nicht und verbindet mit Borodin nicht Namen und Person des 1833 in St. Petersburg geborenen und 1887 dortselbst gestorbenen Komponisten und Visionärs einer russischen Nationalmusik).

„Ich bin die Silvia, also Silvia Haslinger ...", sie reicht ihm die Hand. Dann setzt sich Borodin wieder.

„Sie lachen nicht?", schaut er zweifelnd aus dunkelbraunen Augen.

„Wieso – sollte ich?", Silvia ist leicht verunsichert. Überhaupt. Und das ... Sie kennt so ziemlich alle Abschleppmethoden; aber dieser „Lachen-Sie-nicht-über-mich"-Trick, der ist ihr neu.

„Manche lachen, wenn ich mich vorstelle", und Borodin nimmt einen Zug vom Whiskey. „Verstehen Sie? Noch dazu bin ich – weitschichtig – sogar verwandt mit ihm."

Silvia versteht Bahnhof. Hauptbahnhof. Kopfbahnhof? Nein, eher Lokalbahnhof.

Das muss er in ihrem hübschen Antlitz gelesen haben. Daher streicht er ihr, was freilich eine kleine Intimität ist, fast amikal eine der widerspenstigen blonden Strähnen aus dem Gesicht, die ihr linkes Auge zu verdecken gedroht hat, und erklärt ihr seinen Stammbaum.

Borodin, der ja eigentlich Militärarzt gewesen sei, 1864 sogar eine Professur für Chemie übertragen bekommen habe und sich 1862 Balakirews „Mächtigem Häuflein" angeschlossen habe –

Hier muss Silvia lachen, verschluckt sich am Manhattan, spuckt ein bisschen – und bekleckert sich. (Eine Tätigkeit, die wir inzwischen als Dauerbeschäftigung ihres Chefs, Dr. Detlef Bülows, kennengelernt haben. Ein eigenartiges Büro!)

2000
Tschaikowsky

Alexander Borodin, der entfernte Nachkomme des A. B., bestellt ihr einen neuen Manhattan – immerhin ist er ja quasi Verursacher ihrer Spuckerei gewesen. Für sich ordert der – jetzt hört man gar etwas Akzent – russische Geschäftsmann einen weiteren Jack Daniel´s. (Seinen – schottischen – Lieblingswhisky gibt es hier nicht, vermutlich kaum irgendwo in der Stadt. Und da ist im das dunkelgelbe Wasser aus Tennessee immer noch am liebsten. Wodka trinkt der Borodin-Verwandte übrigens so gut wie nie.)
„Was war das", gluckst Silvia, „für ein Häuflein?"
„Das ‚Mächtige Häuflein´ nannten sie sich Musiker, Komponisten, die sich um eine nationale russische Musik bemühten. Nationale Musik, die gab es damals fast überall in Europa – nur in Russland nicht! Und mein Ur-ur-ur-Irgendwas, der schrieb dann die Oper ‚Fürst Igor´. Das Werk hat er – so sagen die Musiklexika – 1859 begonnen; aber Nikolaj Rimskij-Korsakow und Alexander Glasunow haben es vollendet. Uraufgeführt wurde die Oper überhaupt erst drei Jahre nach seinem Tod, 1890 in St. Petersburg ..."
Laut war es in der Disco. Grell. Kotzig. Doch um die zwei Menschen hier an der Theke, die Spuckende und den Borodin-Nachfahren, hatte sich eine Glocke der Stille gebildet. Nur kurz freilich stand die Zeit still. Länger darf sie wohl nicht. Doch dann tanzten sie, und er flirtete, als wenn er einer von Fürst Igors Mannen wäre (denn die haben sicherlich fürchterlich geflirtet!) – oder einer von den Polowzern (oder Kumanen).
Die leben heute überhaupt nur noch in den „Polowetzer Tänzen" des Alexander Borodin weiter; ansonsten kommen sie lediglich als ein untergegangener türkischer Volksstamm im Gebiet nördlich des Schwarzen

Meeres in den Nachschlagewerken vor. *(woher immer der erzähler dieser geschichte die auch haben mag!)* Die Polowzer verheerten in ihrer aktivsten Zeit, im 11. Jahrhundert, bei zahlreichen Einfällen Südrussland und Ungarn. Besagter Fürst Igor Swjatoslawitsch kämpfte wider sie, was ihm – obwohl er letztlich nichts Entscheidendes gegen die Feinde erreichten konnte, ja, im Gegenteil: wenig ehrenhaft die Flucht antreten musste – den Nachruhm einbringen sollte, im „Igorlied", dem ältesten altrussischen höfischen Epos (1185) verewigt zu werden. Doch so geht es ja mitunter sogar heute noch. Und mancher wird großartig besungen und mit verklärendem Glorienschein verziert, dem in Wahrheit – – Lassen wir das lieber!
Im 13. Jahrhundert vernichteten übrigens die Mongolen das Reich der Polowzer.
Wovon indes kein Epos erzählt.
Doch – vielleicht ein altmongolisches.

***

Ja, damit das erwähnt sei: Auch den alten Borodin hätte Helene Sauers am Zahnärztekongress anno 1894 in St. Petersburg weilender Ur- oder sonst Großonkel persönlich kaum kennen lernen können. Unabhängig davon, ob sich Alexander Borodin für Zahnärzte und ihre internationalen Kongresse interessiert hat oder nicht – er war damals schon sieben Jahre tot.

***

Nein. Auch wenn er recht gut war – anfangs –, zum dauernden Beischlafgenossen im Bett, das immerhin ihres

war, wollte Silvia den kuriosen Manhattan-gelenkt aufgegabelten Russen nicht werden lassen.
Daher waren seine Nächte gezählt. So sympathisch die Sekretärin des U-Richters Bülow diesen Alex anfangs auch fand: Dass er Zwei Drittel der gesamten Tageszeit (so weit sie das überprüfen konnte) mit seinem Handy durch die Wohnung, ihre Wohnung, tigerte und Anweisungen gab – respektive entgegennahm –, das fing sie rasch zu nerven an. Zudem war die Wunde, die Kurt hinterlassen hatte, kaum verheilt (von vernarbt keine Spur); und als die Anrufe, auch nachts, wenn sie gerade so schön im Bumsen waren, sogar diese Gemeinsamkeit zu zerstören begannen, zog Silvia die Konsequenz und die Notbremse. Sie warf Alex aus der Wohnung. Und das Buch über seinen Vorfahren Alexander Borodin, dieses Mitglied des „Wilden Häufleins“, also, den Band, den sie sich aus Solidarität gekauft hatte, sie warf ihn hinterdrein.
ein einschub des erzählers: nicht dass sie vielleicht dächten, ich kümmerte mich zu wenig um die personen, die da – –; nein im gegenteil/andererseits (wo´s ein einerseits gar nicht gegeben hat. gekicher. bravo!): wie hütet man sich vor – – und besonders: wie erkläre ich die geschichte mit frau sauer?

***

Als Helene Sauer endlich an der Tür zur Nachbarwohnung angekommen ist, hört sie gar nichts. Anzuläuten getraut sie sich nicht, und schließlich öffnet sie die Tür zur eigenen Wohnung. Sie überlegt, ob sie die Polizei benachrichtigen sollte, um das Gesehene – was hatte sie wirklich gesehen? – mitzuteilen; unterlässt es jedoch.

Da klingelt das Telefon. Eine Nachbarin ist dran, die Helene davon in Kenntnis setzt, dass nebenan, also bei Borodin, irgendwas losgewesen sein müsse. Auch von Schüssen faselt Frau Hanslick was ... Sie habe jedenfalls die Polizei verständigt. Wahrscheinlich würden die Beamten auch bei ihr, bei Frau Sauer also, vorbeikommen.

***

Einiges später läutete es wirklich an der Tür der Sauer-Wohnung, und Kommissar Knilch, gefolgt von seinem Assistenten Paulaner, befragte die alte Dame. Erst wischten sich die beiden Kriminalbeamten mit Akribie die Schuhe auf dem Abstreifer ab. Dann enterten sie Helenes Wohnung.
Man saß um den ovalen Tisch im gemütlichen Wohnzimmer, und Helene Sauer erzählte von all dem, was sie gesehen hatte. Gesehen ..., nein: *wahrgenommen.*
„Ach, Herr Kommissar ... Ich bin eine alte Frau. Und so ganz sicher bin ich mir auch nicht, Sie wissen doch: der Novembernebel ..."
Die Kriminalbeamten zogen ab, zuvor hatten sie Helenes vorzügliches Kleingebäck und den guten Tee („Earl Grey") gelobt.

***

letzter einschub des erzählers: wenn die geneigte leserschaft glaubt, hier würde nun eine detailierte schilderung des scheußlichen mordes folgen, den ein gewisser korsakow und sein gehilfe glasunow an alexander borodin verübt hatten, so irrt sie. derartiges kann in einschlägigen magazinen und inferioren kriminalromanen nachgelesen werden. hier geht es indes um tschaikowsky und sein erstes klavierkonzert.

übrigens: um untersuchungsrichter dr. bülow kümmere ich mich in der tat nicht. der kleckerer soll schau´n, wo er bleibt.

***

Frau Helene Sauer war erstaunt, als sie, von den Beamten des Untersuchungsrichters heimgeführt, Licht in ihrem Wohnzimmer bemerkte. Doch stieg sie, ohne etwas zu sagen, aus dem Polizeiwagen. Einerseits hatten sie die nächtlichen Stunden bei Dr. Bülow doch mehr Energie gekostet, als sie zunächst gedacht hatte; zum anderen wollte sie einfach keine Polizeiuniformen mehr um sich sehen. Sie wollte ihre Ruhe. Und – vielleicht hatte sie selbst das Licht brennen lassen? Ja, so würde es gewesen sein.

Dennoch zitterten ihre Hände beim Aufsperren der Wohnungstür. Und nicht nur wegen der von Dr. Richard Heuberger schon vor Jahren diagnostizierten Arthrosis deformans.

„Ist da wer?", fragte Helene Sauer mit belegter Stimme.

„Ja, ich", lautete die kurze männliche Antwort. „Hier, im Wohnzimmer."

„Welcher – Ich?" Helene war am Umkippen.

„Tschaikowsky, Peter Iljitsch –"

„Haben Sie keine Angst, Frau Sauer", sagte eine freundliche Frauenstimme. „Ich habe alles unter Kontrolle!"

Als die alte Dame die Tür öffnen wollte, kam ihr Silvia von innen zuvor. „Bitte", sagte die Sekretärin des U-Richters, „erschrecken Sie nicht – das ist Peter Iljitsch, er ist es wirklich!" Und sie deutete auf den in etwas altmodisches schwarzes Tuch – indes: besten Schnitts! –

gehüllten Mann, der es sich auf dem Sofa bequem gemacht hatte.
„Tschaikowsky, entschuldigen Sie mein Eindringen ..., aber – –"
Das Deutsch, das der Mann sprach, hatte einen etwas russischen Akzent an sich. Der Komponist hatte sich derweilen erhoben und küsste nun der verdutzten Frau Sauer die Hand. „Bitte, setzten Sie sich!"
Helene tat, wie ihr geheißen. Sie verstand so gut wie nichts mehr. Borodin, der Nachbar, war tot. Der Untersuchungsrichter hatte sich mit Kaffee bekleckert (von den Manhattan-Spuckereien wusste sie glücklicherweise nichts!). Und jetzt ein Herr Tschaikowsky auf ihrem geblumten Sofa – und diese freundliche junge Frau.
„Ein Glas Mineralwasser vielleicht?", Silvia hatte sich ebenfalls erhoben, als Tschaikowsky seine Aufwartung machte.
„Ja, bitte." Frau Sauer wollte stark sein. Und sie würde stark sein.
Silvia kam auch schon mit dem Glas, gefüllt mit prickelnder „Römerquelle", zurück ins Zimmer.
„Bitte schön." Und sie stellte es vor Helene.
Helene nahm wie mechanisch das Kristallglas-Glas.
„Aber, so eines besitze ich doch gar nicht!", schreckte sie zurück.
„Doch, es ist von jetzt an Ihres", sagte Tschaikowsky. Er lächelte sein wunderbar verträumtes Lächeln.
„Es ist spät, Silvia, ich glaube, wir sollten jetzt gehen."
„Ja, Schatz", sagte Silvia zu Tschaikowsky, indem sie sich erhob. „Auf Wiedersehen, Frau Sauer!"
„Und – damit ich es nicht vergesse", wandte sich Tschaikowsky nochmals, in Inspektor Colombos Manier quasi

in der Tür um, „grüßen Sie bitte Ihren Urgroßonkel, den Zahnarzt, von mir. Damals, beim Zahnärztekongress, Sankt Petersburg 1894, sind wir einander, *verständlicherweise*, leider nicht begegnet!“

Die Tür schloss sich hinter dem Paar, und Frau Sauer – war erstaunt.
In ihrem Kopf ertönten, erst leise, dann immer lauter werdend, Borodins „Polowetzer Tänze“.

Das sollte übrigens so bleiben.

UMGANG MIT XANTHIPPEN

> Der Philosoph, wie ich ihn mir vorstelle, bekümmert sich um den Sinn des *menschlichen Tuns*. Er kümmert sich weniger darum, welchen *hygienischen* Sinn z. B. saubere Wohnungen haben.
>
> (Amadeo Silva Tarouca, „Philosophie der Polarität")

INGELGOLFINGEN

Natürlich würde es ein großes Hallo geben in der Stadt. Ingelgolfingen war zudem schon vom Mittelalter an stets für Hallos ein guter Boden gewesen. Ob die Hohenstaufen oder die Babenberger – – ach, alles Geschichte.
Früh zu einer der kleinsten Universitätsstädte im Römischen Reich Deutscher Nation geworden, war Ingelgolfingen auch entsprechend stolz auf Tradition. (Wenngleich sogar dieser Superlativ, nämlich *definitiv* kleinste deutsche Universitätsstadt zu sein, an der überhaupt an Superlativen armen Stadt vorübergegangen war. Was gab es hier schon an Besonderem? Eine gotisch vermurkste romanische Basilika mittleren Ausmaßes; ein Freudenhaus, das als mäßig lustspendend verschrien war; ein paar Kneipen, wie sie überall, wo es romanische Kirchen und Freudenhäuser gibt, auch vorhanden sind ...)
Natürlich würde es ein großes Hallo geben in der Stadt. Doch vielleicht war gerade *das* mit ein Grund, *warum* der emeritierte Philosophie-Ordinarius der Wilhelms-Universität zu Ingelgolfingen seinen Deal beinhart durchzuziehen sich vorgenommen hatte.
Zum besseren Verständnis (und damit nicht a priori Missdeutungen aufkommen): Weder „Hallo" noch „Deal" –

und auch manch anderes, was hier in der Folge etwas „locker" formuliert werden wird, entspräche auch nur im Entferntesten der Redeweise von Univ.-Prof. Dr. phil. Eustach von Wald Guldenstein. Im Gegenteil: Er pflog, besonders in seinen Vorlesungen an der Wilhelmina, jedoch auch *privatim*, einen eher antiquierten, nichts desto weniger geistvollen Stil. Mit „Hallo" statt – etwa – Aufsehen oder „Deal" anstelle von Vereinbarung oder Geschäft (oder vielleicht beides, miteinander) hätte man Eustach kaum eine Freude bereitet; im Gegenteil.
Nun hatte sich jedoch manches geändert, seit der Emeritus – übrigens in den Studienjahren 1975/76 und nochmals, 1981/82, *rector magnificus* der Wilhelmina – wähnte, in seine ehemalige Studentin, zur Zeit der aufflammenden Erkenntnis beiderseitigen Zukunftsglaubens bereits veritable Mag. phil, Helga Renate Reinecker also, verliebt zu sein. Unsterblich sogar (was freilich bei einem katholisch orientierten Philosophen – o welch ein Widerspruch *in se ipso* ...! – stark an Vorwegnahme des erst später zu Genießenden grenzt!); dennoch – unsterblich.

Unsterblich, meinten wenig pietätvoll auch manche gerade von den jüngeren *studiosi*, die das plötzliche Entflammen des stillen Brüters erstaunlich (ja: besorgniserregend) fanden: Der Alte ist doch längst bei Sokrates – auch ohne Schierling! So und ähnlich ging die Rede. Und dies, obschon der Professor stets beliebt gewesen war bei den Seinen.
Indes, die Liebe fällt, wohin sie will. (Auch auf den alten Doctor phil., reimte ein ganz Schlauer im universitätseigenen Faschingsblättchen „Jocus" munter drauf hin – und los.)

XANTHIPPE

Ob sich die flotte Reineckerin den philosophischen Greis nun von pekuniären Hintergedanken geleitet oder der sexuellen Bequemlichkeit wegen – seine diesbezüglichen Ansprüche würden gering sein, ihre dies betreffenden Aktivitäten in anderen Bahnen darob kaum geschmälert –, ob sich die Jungphilosophin also den Alten aus diesen oder jenen Gründen immer „geangelt" hatte, sei dahingestellt. Vielleicht spielte bei der Erhörung seines Antrags so etwas wie Dankbarkeit mit; immerhin war er einer ihrer akademischen Hauptprüfer und wohlwollend gewesen.
Dass Eustach von Wald Guldenstein, der Testuren in den Studienbüchern seit Jahrzehnten bereits mit eingestempeltem EWG abgekürzt hatte (und den Begriff EWG, parallel zu Brüssel, somit – allerdings rein akademisch – einführen half), früher schon ein Verhältnis mit einer Abhängigen eingegangen wäre, wirkt unwahrscheinlich, bedenkt man des Gelehrten Vita. Auch wenn es bisweilen als Gerücht die Runde machte. Nein: Zum einen war Wald Guldenstein durch gute zwanzig Jahre standhafter Witwer gewesen; zum anderen war die spätere Frau Wald Guldenstein II. eine, bei aller außer-universitären Flottheit, strebsame und noch dazu: intelligente und begabte Studentin gewesen, die der Protektion kaum bedurft hätte.
Kurz: Nach Helgas Sponsion musste es irgendwann – vermutlich als der alte EWG schon emeritiert war – zu einem (zufälligen?) Zusammentreffen der beiden gekommen sein. Und – sagen wir es einmal so: Es war eben Liebe auf den zweiten Blick.

EWG, Gentleman wie immer (und in den vielen Jahren zuvor, als er, anerkannterweise, stets einer der elegantest gekleideten akademischen Lehrer gewesen war), hatte die junge Kollegin zu einem Kaffee in eines der universitätsnahen Lokale eingeladen. Ja, und die Dinge nahmen ihren Lauf.
Über den Inhalt dieses ersten „intimen" Gesprächs können wir freilich nur mutmaßen. Wir interessierten uns damals nämlich nicht sonderlich für EWG. Übrigens – ob der Gute sich, ein paar Jahre später, angesichts der Umbenennung der EWG in die EU einen neuen Stempel für die Testuren in den Studienbüchern einfallen hätte lassen? Die Frage ist in mehrfacher Hinsicht illusorisch; zum einen hat der Name Eustach Wald Guldenstein wenig mit den Initialen EU zu tun, zum anderen war EWG bereits *Emeritus*, als man in Brüssel zur neuen Benennung für die alte Sache fand. Außerdem gab es keine Testuren mehr. Denn inzwischen war doch alles anders geworden. Wirklich alles? Im Übrigen waren wir, wie angedeutet, damals hinter ganz anderen Sachen her, die hier indes weiter keine Erwähnung finden sollen.

EWG ...

EWG ist, bis ins hohe Alter, eine äußert gepflegte, auch durchaus noble, auf antiquierte Weise sogar elegante Erscheinung. Ein *Herr*, könnte man sagen. Ja, ein Herr. Und gerade auf junge Kommilitoninnen hatte das Jahre hindurch einen nicht unbedeutenden Eindruck gemacht. EWG wurde so etwas wie – verehrt. Was in den „wilden", fast revolutionären 60ern fast schon absurd, später zumindest erstaunlich wirkte. Sogar 68er-Parolen wurden gegen ihn keine laut. Und so konnte Wald Guldenstein immer wieder und mit vollem Recht behaupten, auch in Krisensituationen als Freund der studentischen Jugend anerkannt gewesen zu sein. Nebstbei: Er beharrte auf solchem natürlich niemals selbst – EWG *ließ* behaupten, in Umlauf setzen, als „Nebenbei" fallen. Er hatte dafür so seine Getreuen ... Meist waren es Philosophie-Assistenten oder Hochsemestrige, die sich sogar einbildeten, seine höchstpersönliche Lehre zu verstehen; doch davon wird ohnedies später noch ausführlicher die Rede sein müssen.

Jetzt also!

Jetzt sollte sie vollzogen werden (wie weitgehend auch immer), diese Ehe. Zunächst galt es, die Hochzeit zwischen dem 75 Jahre zählenden *Emeritus* – da noch von Lenzen zu reden, wäre denn doch etwas zu euphemisch! – und der knapp 30-jährigen Philosophielehrerin an einem der drei Gymnasien von Ingelgolfingen auszurichten.
Zur Erläuterung: Das war vor gut drei Jahren. Und wir erwähnen es nur, weil schließlich gar kein so großes „Hallo" entstand über den vermeintlichen „Deal" – oder das um einiges leiser ausfallende „Hallo" kaum gedächtnishaftende Wirkung zeitigte. Und von wegen „Deal": Helga war relativ (welches Wort bei zwei Philosophen!) leicht von EWGs Vorschlag, gemeinsam *seinen* Lebensabend zu verbringen, überzeugbar, ja doch. Und er versprach ihr, zumindest im philosophi-

schen Feinschliff, nicht zu wenig: Er wolle, versprach der Gelehrte, Helga nicht bloß in sein – in beinah 40 Jahren Professur ständig gewachsenes und von ihm erweitertes – *eigenes* Philosophie-System eindringen lassen; weit mehr als alle seine anderen Studentinnen und Studenten, Hörerinnen und Hörer, Seminaristinnen und Seminaristen et cetera in eben diesen verflossenen Jahrzehnten seiner erfolgreichen Lehrtätigkeit solle sie dieses wahren Geniestreichs *vollkommen teilhaftig* werden. (Auch so ein Gegensatz ...!) Nur: Sie, Helga, müsste quasi zur Mitgestalterin eben dieses Systems reifen. Und zur Sachwalterin freilich dann, wenn er – –

Doch dachte niemand (offiziell) bei der solemnen Hochzeitsfeier im Rathaus von Ingelgolfingen, wo der Herr Bürgermeister Otto Dibelius persönlich den Standesbeamten machte (nebenbei gesagt, er war hauptberuflich ein solcher), an Philosophie; auch nicht in der St. Sebastian-Kirche, wo der Pfarrer mit von Freude belegter Stimme den eigenen Bruder (wieder einmal) in den heiligen Stand – – et cetera.
Somit schien einer herbstlich-goldenen, beschaulichen Lebensgestaltung der beiden „Jungvermählten" nichts im Weg zu stehen. Und auch Helga war immerhin der stürmisch-drängenden Zeit fast allabendlicher Disco-Besuche durch den aufreibenden Gymnasial-Betrieb beinahe schon gänzlich entwöhnt.

INDES –

*E*r ist so schlampig. Lässt sein Zeug verkommen. Ich muss einfach alles für ihn machen. Ein Greis. Überall liegen seine „Dritten" herum. Ich hätte es ahnen müssen. Verkalkt. Total zu.

Sie ist so nervös. Nichts lässt sie einfach an sich heran kommen. Gleich explodiert sie. Unsachlich. Ein Kind eben. Doch ich hätte es ahnen können.

So etwa sahen einander die spät zum Paar Gewordenen; oder hätten einander – bei etwas mehr Ehrlichkeit –wohl oder übel sehen müssen. Und doch – man machte im Haus EWG zunächst auf Schein von Fröhlichkeit. Nach außen überhaupt wirkte das Ehepaar wie ein perfektes. Innerlich indes litten beide. Also, EGW litt bestimmt.
Und dieser Zustand sollte sich mit jedem Tag verschärfen. Dass im Bett kaum viel ging, war vorauszusehen gewesen; dass Eustach indes seine vormals (zumindest dem Schein nach) so korrekte Lebensweise, seine noblen Umgangsformen, ja: jegliche Höflichkeit in geradezu inflationärer Weise vermissen ließ, betrübte Helga; bis sie diese Wesensveränderung (oder war es bloß das Fallenlassen einer angenehm machenden Maske? Noch schlimmer!) zur bekannten Weißglut brachte. Jaja, doch, auch sie litt. Nicht wenig. Und zelebrierte ihr Leiden auf ihre Weise.

Wenn Philosophen leiden, ist das freilich anders als bei unsereinem. So wie etwa Operntenöre, wenn sie auf der Bühne erstochen werden, statt zu bluten, zehnminütige Arien singen, kommen die malträtierten Philosophen erst recht auf ihren so erstaunlichen Gedankengeleisen in Fahrt. Die Legende von Sokrates und seiner Xanthippe belegt – soweit Legenden etwas belegen können – diesen Sachverhalt aufs Bildhafteste.

Bald schon ergab sich zudem zwischen den beiden Kontrahenten, aus einer uneingestandenen Zwistigkeit heraus, einem permanenten Nicht-Mögen des Partners, zusätzlich und folgerichtig so etwas wie Sprachlosigkeit (sieht man von Notwendigkeiten des alltäglichen Umgangs einmal ab, die indes die Bezeichnung „Sprechen“ kaum verdienen). Spielten sie andererseits nach außen hin das glückliche Ehepaar, die mit Fortune spät – aber doch! – zueinander Gefundenen also, so war ihr Wortüberschwall wiederum alles Andere als ein dialogisches Miteinander; eher schon ein verbales Chaos.

Durchschaubar wurde dieser nun wirklich traurige Sachverhalt vermutlich sogar für Außenstehende. Mit Sicherheit für ihre Freunde; und diejenigen, die ohnehin an dieses „Glück“ nicht glauben wollten – sei es aus Missgunst, Mieselsucht oder bloßem Neid –, durften sich umso mehr bestätigt fühlen. Man sieht: So kam´s ja doch noch, gleichsam über die berüchtigten Umwege, zu – wenn auch leisen – „Hallos“ über EWGs „Deal“.

Lüste? Unlüste!

*I*hre und seine Sprechunlüste waren inzwischen so weit gereift, dass sie auch schon aufs Rückbesinnen überzugreifen begannen. In dem (mitunter sogar bloß marginal erscheinenden) Ausmaß freilich nur, in dem wir solchen Regungen, Aktionen und Reaktionen quasi physische Qualitäten zugestehen, die sich in Steigerung oder Vertiefung et cetera manifestieren können ... Ihre Sprechhemmungen also verstellten ihnen schließ-

lich sogar den nostalgischen Blick zurück in tatsächlich oder scheinbar bessere Zeiten der Zweisamkeit: Es war ihnen nicht mehr möglich, klar zu erkennen, ob sie überhaupt *jemals* miteinander gesprochen hätten ... Ja, sprachlos, wie sie jetzt *gegen*einander waren, erschien ihnen ein anderer als der derzeitige Zustand so fremd, als ob es ihn überhaupt nicht könnte gegeben haben!
Indes, sie wären nicht Philosophen gewesen, wäre ihnen ihre Ohnmacht nicht letztlich zupass gekommen, bei dem, worum es ihnen – besonders bei EWG war dieser Punkt stark, überaus stark sogar ausgebildet – primär ging: beim Philosophieren nämlich.

Sprachlos waren Helga und der greise Weise, sprachlos. Sprachlos freilich nicht, wie der Volksmund es so gerne von den Verliebten behauptet. Von Menschen, deren Seelenzustand der Worte als Medium also nicht (mehr) bedarf. Nein, ihre Sprachlosigkeit (und dies zeigte sich besonders, spielten sie vor Bekannten, wort- und floskelreich, das turtelnde Ehepärchen); also, ihre Sprachlosigkeit war vielmehr so etwas wie Sprech-Unvermögen aus Herzensverdrießlichkeit heraus; aus Frust, wie von den Ingelgolfinger *studiosi* beiderlei Geschlechts, hätten sie von der Dialog-Impotenz im Haus Wald Guldenstein gewusst (und sich überhaupt dafür interessiert), der Zustand vermutlich bezeichnet worden wäre. Es gab (und – diese Aufzeichnung bestätigt das: es gibt) keinen *echten* Dialog zwischen ihnen.

Um den Querelen dieser sprachlosen, längst freilich nicht stummen!, Verbindung wissenschaftlich Positives abzuringen, nahm EWG seine Forschungsarbeit wieder höchst intensiv auf. Wald Guldenstein war stets ein fleißiger Publizist gewesen, einige seiner Bücher gelten zudem als Standardwerke. Was Mag. Helga Reinecker-Wald Guldenstein zunächst längere Zeit nicht wusste: EWGs neues Manuskript trug den bezeichnenden Arbeitstitel „Umgang mit Xanthippen". Es sollte, so verriet der Philosophieprofessor einigen wirklich guten Freunden vom Gelehrtenstammtisch im „Silbernen Ochsen", wo nun tatsächlich einiges geleert wurde (haha!), eine Art *Vademecum* oder Leitfaden für von ihren Ehefrauen entwürdigend behandelten Männern des Geistes werden. (Hinzugekommene Vertreter der Jurisprudenz und der Medizin urgierten auch für ihre einschlägigen Eheprobleme Unterweisung aus Fachmanns Hand, wurden gutmütigerweise – bei entsprechendem Alkoholkonsum und den dazu nötigen „geschmissenen Runden", versteht sich – quasi zu Geisteswissenschaftern *honoris causa* befördert. Theologen waren keine anwesend, denn EWGs Bruder, der Stadtpfarrer zu Ingelgolfingen, war, einer schwer wiegenden Lebererkrankung wegen, mehr oder minder trinkuntauglich; was er an Promillen brauchte, mussten ausschließlich die Messfeiern bestreiten. Und die anderen Kollegen von der Theologischen Fakultät ordinierten nicht im „Silbernen Ochsen", sondern vornehmlich im „Schwarzen Adler", ein paar Straßenzüge weiter.)

Ehrenrettung

*E*s ist hoch an der Zeit, einiges zur Ehrenrettung von Eustach Wald Guldensteins Frau Helga zu sagen, wirklich. Hinter ihrer Kratzbürstigkeit, die zum Dialogverlust entscheidend das Ihre beigetragen hatte, stand nicht nur Böswilligkeit; es war vielmehr auch einiges an echter Sorge dahinter. Dagegen dass EWG, bei all seiner nach außen hin zur Schau gestellten *elegance* der verwelkenden Art, von der – wie erwähnt – freilich in den eigenen vier Wänden kaum noch etwas zu bemerken war, im Haus einfach jede Ordnung *ad absurdum* führte, musste Helga als Ehefrau wohl protestieren, nicht wahr?! Dass sie ihrerseits übertrieb und von Extrem in Extrem verfiel, mag wiederum unter anderem auch auf EWGs philosophisches System zurückzuführen sein, das im Studium schon, noch mehr jetzt freilich, sozusagen: im *privatissimum,* auch *ihr* Denken zu bestimmen anhob. Ja, diese „Onto-Toleranz", wie EWG seine Lehre kurz zu nennen pflegte, bewirkte alles Mögliche im Geist des sie jeweils Nachvollziehenden – nur sehr wenig Toleranzdenken. Naja, grau, mein Freund, ist alle Theorie ...

I. Exkurs: Über die „Onto-Toleranz"

Schon in den späten Dreißiger Jahren, als er selbst noch Student gewesen war, hatte Eustach von Wald Guldenstein erste Elemente seiner später recht populären (und gerade deshalb umso umstritteneren) Lehre zusammengetragen. „Nicht der Ameise gleichend, die in blindem Arbeitseifer Stückchen auf Stückchen schlichtet; eher schon der Biene, die zwischendurch des fröhlichen Fluges sich erfreut", wie es ein Kollege einmal bei einer akademischen Ehrung für EWG formulierte. (Der Gute litt, dies wurde von allen anderen Universitätslehrern stillschweigend akzeptiert, an fortschreitender Senilität. Man setzte ihn gerade deshalb gern für *Laudationes* und ähnliche Festansprachen bei akademischen Feiern ein.)

Der Passus mit dem Bienenflug war indes nicht so unpassend; Eustach hatte in jungen Studenten- und Gelehrtenjahren sehr wohl etwas dafür übrig, die Bücher- und Studierstube immer wieder zu verlassen, um sich diverser Blüten – gleichsam im Rundumflug – anzunehmen, wenn oft wohl auch bloß von weitem, um nicht „platonisch" zu sagen, was in diesem Zusammenhang als schiefes Bild gewertet werden müsste ...

Er war alles in allem strebsam. Und die akademischen Früchte wie auch die publizistischen waren – zumindest in Fachkreisen – bald kaum mehr zu übersehen. Und EWG forschte weiter, dachte und formulierte; Fachartikel um Fachartikel entstand. „Das frühe Grundsatzwerk musste unweigerlich kommen, schlüpfen gar, wie der farbenfrohe Schmetterling aus dem unscheinbaren Kokon", um erneut den oben erwähnten senilen Ordinariatskollegen zu zitieren.

Sein Forschen blieb in universitären Diskussionen längst nicht mehr unbemerkt. Sogar mancher Zeitungsbericht (vornehmlich im Feuilleton) galt seiner – freilich den meisten recht nebulos erscheinenden – Lehre. Er suchte zudem die Öffentlichkeit, weil sich EWG sehr wohl um die – im akademisch-professionellen Sinn – *nicht*-philosophierende Masse bekümmerte. Ja, der *Mensch*, egal welcher Klasse, war ihm sogar unbedingt wichtig. Und ein Indiz spricht allein schon dafür: In seinem grundsätzlichen Buch „Umgang untereinander oder Die Onto-Toleranz als Beginn des geordneten Sozialstaates", das 1959 erschien, stand im Vorwort ein zwar unprätentiöser, jedoch umso schwerwiegenderer

Satz aus dem Volksmund: „Was du nicht willst, dass man dir tu´, das füg´ auch keinem and´ren zu!"

Nun ist die EWGsche „Onto-Toleranz" freilich wesentlich differenzierter; Seins-Duldsamkeit, das Ertragen des anderen – und wiederum *seiner* Un-Duldsamkeit! Das brächte, auf „Monopoly" umgelegt, zumindest Vorteile (Feldervorrückung, kurzer Arrest nur und anderes) – wenn auch vorläufig nur auf dem Kinderspielsektor ... – – Also, diese ominöse Lehre mündet bei EWG zuletzt in klassische Bilder ein, wie wir sie von Jaspers und Husserl, Weininger und Wittgenstein, Adorno und überhaupt (ja, eigentlich: von Haus aus) kennen; oder zumindest zu kennen glauben. Erstens weil es immer wieder *sehr ähnliche,* zweitens weil es eben einmal *Bilder* sind ...
Doch der Alte streute tatsächlich auch Brauchbares in sein Studenten-Futter rein. Hätten die Damen und Herren *studiosi (-ae)* der Ingelgolfinger Wilhelmina (und auch andere Insassen oder sporadische Besucher solcher Höranstalten) hinein gelesen, sie wären aus dem Staunen nicht heraus gekommen. Eustach von Wald Guldenstein ging auf Kain und Abel zurück, streifte Romulus und Remus, tat den (Gift-)Schrank der Antike auf mit Gatten-, Geschwister- und Freundesmord; ja, er machte nicht einmal vor der Nibelungen-Sage halt. Warum auch – die Schleusen waren geöffnet.

EWG hatte bis in die post-kapitalistische Zukunft hineinphilosophiert. Hatte nicht selten mehr als bloß spekulative Panoramen entworfen, Überlegungen ohne Schnörkel – mitunter. Als „verstiegen" freilich war seine „Lehre" dennoch alsbald verschrien, obschon sie

manchmal von geradezu prophetischer Klarheit war – was sich, bei Propheten ist das eben so, erst nachher beweisen sollte: Indem manches vom Prophezeiten eintrat.
EWGs Lehre (bleiben wir einmal bei dieser Bezeichnung, die freilich keine Definition sein soll!), sie umschrieb tatsächlich einen permanenten *Ist-Zustand* des Schlagens und Geschlagen-Werdens; ohne Rezepte für eine formative Änderung bereitzustellen. Doch sind Rezepte nicht Sache des Philosophen ...
Immerhin, hätte er im eigenen häuslichen Quadrat ...

QUERELEN, QUERELEN

*D*er greise Emerit schrieb also eine neue Abhandlung, die indes mit seiner Standardlehre viel gemeinsam hatte. „Umgang mit Xanthippen" war, verständlicherweise, eine (weiterentwickelnde) Anwendungsschrift der „Onto-Toleranz". Nur: eben auf den *Spezialfall* hin. „Umgang" war quasi ein Versuch; ein Versuch, die Grenzen von Leidensfähigkeit und größter Leidzufügungspotenz auszumachen – vielleicht sogar (irgendwie und irgendwann) abzustecken. Eine Sache und Suche im wahrsten Wortsinn der *Leiden*schaft also.

Diese, die Leidenschaft, in ihrem verhältnismäßig jungen (oder: jugendlichen) Körper entsprechend (oder: zumindest einigermaßen) zu stillen, hatte Mag. Reinecker-Wald Guldenstein ein Verhältnis mit dem ehemaligen Assistenten ihres Mannes, mit dem Titularprofessor Dr. Mag. Erich Schmuck begonnen. Exakter gesagt: wiederaufgenommen. Und diese Eskapade hielt –

Helgas früheren Gepflogenheiten zuwider – nun schon gut und gern den Stürmen zweier Jahre (Sexual-Philosophie?? Hahaha!!) stand. Bei der Hochzeitsfeier, zu der EWG seinen früheren Hauptmitarbeiter selbstverständlich eingeladen hatte, war Schmuck – in schon bedenklich betrunkenem Zustand – der Braut um den Hals gefallen und hatte ihr – lallend – aufs Neue sein Herz eröffnet. Was wiederum ihr Gefühlskorsett lockern half. Et cetera mit roten Rosen.

Der Schmuck sei eine Zierde des philosophischen Instituts, hatte EWG in seiner Aktivzeit intern gern ab und zu gekalauert. Jetzt hätte er sein Schmuck-Stück vermutlich, wäre der Greis informiert gewesen über die Liaison, gern härter „gefasst" gesehen. Oder wäre plötzlich all sein Gehirn-Raum voller „Onto-Toleranz" gewesen?!
Tatsache ist: Jeden Dienstag und Donnerstag verbrachte Helga den Nachmittag bei Erich. Tee und Konversation leiteten zum körperlichen Teil der Philosophie über. Philosophie der KKol ation (oder zumindest solche Versuche, denn immer war die Sache nicht von beiderseitigem Erfolg gekrönt; manchmal ging sie schlichtweg in die nicht angehabten Hosen). Und die beiden Begriffe, *Denken* und *Koitieren*, wurden zuletzt erst greifbar – in Form eines Glases guten Rotweins, den der ergraute Hilfsprofessor seiner attraktiven Geliebten auftischte. Immerhin, Helga hatte sich ihrerseits, die Tage hindurch, bis zum nächsten Gebumse, in einer anderen Form der „Onto-Toleranz" zu üben. Tschüs und ...
Versonnen zumeist bestieg Helga den Bus, der (und das war praktisch, so brauchte sie kaum je das auffälli-

ge Auto EWGs zu bemühen) sie direkt vor des Amanten Haus abholte.

Man sollte immer möglichst viel bedenken. Warum indes sollte man nicht auch spontan ---? Also, gut: Schmuck war naturgemäß Wittgensteinianer. Das haben Liebhaber so an sich. Er sah klarerweise a priori einen folgenschweren Kampf voraus: zwischen EWG und sich selbst. Folgenschwer im gleichsam mathematischen Sinn, entsprechend der Stelle aus Ludwig Wittgensteins „Tractatus logico-philosophicus", wo es unter Punkt 6. 22 heißt: „Die Logik der Welt, die die Sätze der Logik in den Tautologien zeigen, zeigt die Mathematik in den Gleichungen." Und weiter, 6. 23: „Wenn zwei Ausdrücke durch das Gleichheitszeichen verbunden werden, so heißt das, sie sind durch einander ersetzbar. Ob dies aber der Fall ist, muss sich an den beiden Ausdrücken selbst zeigen."
War EWG für Helga ersetzbar? Und wenn – dann: durch ihn? Oder ersetzte mittlerweile in Wahrheit (und vermutlich so schlecht und recht) der Emeritus nicht vielmehr *ihn*, Erich Schmuck?!
Die Gleichung brachte den – ansonsten durchaus wackeren – Gelehrten schier aus dem Gleichgewicht.

II. Exkurs: Die Vorlesungen

Ein Rückblick muss sein, einer nämlich auf EWGs Berufszeit. Nicht wahr, er sei gestattet?! Danke.
Also, seine Vorlesungen – damals hatte ich mich der Sache noch ziemlich *vollinhaltlich* gewidmet; nicht wie später, als ... –, also seine Vorlesungen, das muss ihm

jeglicher Neid lassen, die waren beliebt. Allein schon, weil er das akademische Viertel vor dem Beginn gern überzog, dennoch freilich lieber ein paar Minuten früher als vorgesehen, aufhörte, endigte und schloss. „Für dieses hübsche Mal mag es reichen! Danke schön", sagte er – mitunter. Meist deutete er eine kleine Verneigung an. Nur. Doch sie genügte. Besonders den Kommilitoninnen. O ja.
Was EWG vortrug in der knappen halben Stunde? Davon hätten Gott und die Welt, die er gerne zitierte, freilich profitieren können, wenn sie gewollt hätten.

Was er vortrug? Gedanken, ja: *Gedanken* rund um seine glühend geliebte „Onto-Toleranz". Philosophisch-Phänomenologisches, Geschichtsphilosophie und Philosophiegeschichte. Und das alles so schön üppig (chopinesk, wenn ein Klavier im Hörsaal vorhanden gewesen wäre! Chopinesk, ich könnte es schwören!); und untermalt mit Erzählungen aus dem, natürlich aus *seinem!* Privatbereich (*preludes* also), die das fachlich Ausgeführte praktisch erläuterten. Ja, Eustach Wald Guldenstein verstand es, lange bevor – fernsehweltweit! – in Permanenz geistige Kleinkaliber die allgemeine Intelligenz-Ebbe bestätigen, auf höchstem Flut-Niveau zu schiffen ... *Verzeihung, das gehört nicht (ganz) hierher.*
Knappe halbe Stunde: Wald Guldensteins Vorlesungen waren kurz, aber bündig.

EWG gelang es eben, sein Auditorium zum Philosophieren zu bringen – Philosophieren abseits strenger Lehre, versteht sich. Er motivierte seine Hörerinnen und Hörer per Schmunzeleinheit. Da fehlte der kantige Imperativ kategorischer Art; keine Schopenhauersche Arroganz konnte aufkommen; und auch keine Nietzschesche Klein-Gläubigkeit gab es. Eustach Wald Guldenstein war (wir verwiesen schon darauf) weder Husserl, Jaspers noch Heidegger (schon gar nicht *der*!); auch das Wort- (und Wörter-)Fluidum Adornos war ihm nicht gegeben (erfreulicherweise). Er war ein Erzähler. Wirklich. Und *per definitionem* Er*reich*tes bedeutete bei ihm alles andere als ein Ende der Definitionsversuche. Wittgenstein weitaus näher als der Existenzphilosophie, war EWG im Grund ein einsamer Wolf, der seine Gedankengegenden durchstreifte. Gemütlich wirkend und gutmütig nach *außen*, kritisch nach *innen* und *praktisch* in der Gewandwahl seiner Sprache. Da streifte er nicht selten den Lodenrock und die juchtenledernen Stiefel des aristokratischen Jägers (nach dem Edelwild hehrer Ideen auf der Pirsch) über; umso leichter fiel es ihm, verbal solcherart gewandet und ausstaffiert, die hohlen Gedankengänge mancher, auch berühmter Kollegen als armselige Tropfsteinhöhlen verwässerter Denkmodelle zu demaskieren. Und er tat es mit Genuss – nein: mit Hingabe. Er, der durchaus *nicht* international berühmt war. Angesehen, ja; aber berühmt? Nein. Aber sehr populär.

Wenn er zum Beispiel in seinen Vorlesungen auf die eigene (zugegeben: eher kleine, geringfügige) Schwäche guten und gern geübten Essens wie Trinkens hinwies, um der Studentenschaft Blick auf das *paradoxon* zugleich klarer Ein-Sicht und geringer Um-Sicht zu lenken, war das von einprägsamer Deutlichkeit. So veranschaulichte er – quasi durch Vivispektion –, dass größere Alkoholzufuhr zwar das Denken in eine bestimmte Richtung hin zu schärfen im Stande sei; er

gab jedoch gleichzeitig zu verstehen, was ohnehin jede und jeder am eigenen Leib und durch eigene Erfahrung überprüfen konnte, dass nämlich durch den spezielle Einblicke schärfenden Alkohol die Sicht für das Ganze enorm beeinträchtigt würde.
„Ein zu klarer Gedanke ist wie ein Schwert ohne Griff", notierte ich damals, von EWGs Ausführungen eher schmerzlich auf diesbezügliche Eigenerfahrungen verwiesen. Denn der Professor dozierte weiter: Am nächsten Tag, dem Tag, der dem Gelage folgte, habe EWG von den im – pardon – Suff gemachten Aufzeichnungen (eben aus nunmehr wieder einigermaßen nüchterner Sicht heraus, aus Einsicht der *zweiten* Art also) nichts, so gut wie nichts, verstanden; geschweige denn, dass er damit etwas anfangen hätte können. Dabei sei ihm (o schwacher Schimmer Erinnerung!) des Nachts doch vieles davon so epochal, systembegründend und *n e u* vorgekommen ...

Auf diese Weise relativierte Wald Guldenstein einerseits die Philosophie schlechthin; zum anderen verdeutlichte er, sein System der „Onto-Toleranz" *nüchtern* erarbeitet und durchdacht zu haben. Oder zumindest – doch eher.

SCHLITTER, SCHLITTER ...

*D*ie Situation im Hause EWGs schlitterte indes in Richtung unhaltbarer Zustand. Da fand Helga – beim Ordnungmachen – das erwähnte neue Manuskript ihres greisen Gatten, betitelt „Umgang mit Xanthippen". Sie konnte dieser Art der – wenn auch stilistisch hoch-

stehenden – Behandlung ihrer Eheproblematik (aus ihrer Sicht wiederum verständlich) wenig Positives abgewinnen.
Und Positives gab es darin auch nicht. Nein, sie (oder die beschriebene Person der angegebenen Fallstudie, was klarerweise aufs Gleiche hinauslief) kam da gar nicht gut weg ... EWGs ganzer Zynismus, dessen man ihn, oberflächlich besehen, kaum für fähig erachtet hätte, äußerte sich hier üppig. Und auch die Wortwahl ließ, bei allem stilistischen Glanz, an Deutlichkeit nicht zu wünschen übrig; was freilich der Trefflichkeit von Schilderungen ehelichen Alltagsalptraums nur förderlich war – wenn „förderlich" in diesem Zusammenhang das rechte Wort ist.
Nein, sie kam gar nicht gut weg. Und das brachte Helga sozusagen auf die Palme. Nebenbei und objektiverweise sei es angemerkt, sogar die historische Xanthippe, des Sokrates (angeblich so zänkisches) Eheweib, hätte, angesichts der erhobenen Vorwürfe der Intoleranz, wie sie in Eustach von Wald Guldensteins Aufzeichnungen zuhauf vorkamen, ihren Gatten gewürgt. Zumindest.
Also beschloss Frau Mag. phil. Helga Reinecker-Wald Guldenstein, sich ihres Gesponses zu entledigen.
Doch wie wird man einen Philosophen los?

III. Exkurs: Indianerspielen

Hier müssen wir – wir wollten solches ursprünglich eigentlich unterlassen – doch einen Blick auf die Vita der guten Helga Reinecker, verehelichter Wald Guldenstein, werfen. Und besonders ein Kapitel aufschlagen, das man nun nicht gerade als unrühmlich, dennoch freilich auch nicht als besonders elegant bezeichnen kann. Kurz, als damals Jungsemestrige hatte unsere Frau Magistra *in spe* unter anderem ein – eher flüchtiges – Verhältnis mit einem Pharmazie-Studiosus unterhalten. Hans-Dieter Magenbach war freilich nur kurz in der Lage gewesen, Helgas Interesse zu fesseln. Dafür jedoch auch dies gleichzeitig mit ihrem nachmaligen Lover, Erich Schmuck. Und der hatte sich, wie bereits ausgeführt, bei der Hochzeit, zu der er als Assistenzprofessor EWGs natürlich geladen worden war, erneut – und mit Erfolg! an Helga herangemacht. Magenbach war weiland bloß wissenschaftliche Hilfskraft gewesen und hatte auch aus diesem Grund kaum viel Chancen, sich länger der Freundschaft oder gar Liebe Helgas erfreuen zu dürfen. Er arbeitete an seiner Pharma-Dissertation (umwerfender Titel: „Die Tollkirsche – Labsal, Elixier oder Wahn?") und schien keine nennenswerte Karriere vor sich zu haben. Helga hatte ihn, sagen wir es salopp, vernascht, weil da noch kein Pharmazeut in ihrer „Schmetterlingssammlung" war. Unterstützung beim Studium hätte sie von Hans-Dieter schon der Fächer-Disgruenz wegen kaum erfahren können. Und Unterstützung hatte die fleißige Studentin auch gar nicht nötig; sie würde ihr Studium rasch und ohne fremde Hilfen oder gar fremde Titel schaffen. („Eine Studentin, die im zehnten Semester noch nicht Frau Doktor ist, muss das Doktorat selber machen!", hatte Jahre zuvor ein ätzender Männerspruch an den Unis gelautet. Auf Helga konnte er nie und nimmer gemünzt sein.) Ja, die Reineckerin war fleißig *und* intelligent – *und* geil.

Magenbach und sie hatten einander kurz vor oder nach der Hochzeit mit EWG irgendwo in der City zufällig wieder getroffen, und es war sogar zu einem flüchtig-freundlichen Wortwechsel gekommen. Immerhin hatte der ehemalig Buhle der Ex-Angebeteten seine Visitenkarte in die Hand gedrückt. Sie solle ihn, wenn sie Lust habe, doch einmal anrufen. Ein Treffen, wäre vielleicht ganz hübsch? Erinnerungen austauschen ...!
Angesichts des erheblichen Übergewichts, das den ehemals zaundürren *studiosus* nunmehr von einem Schweißausbruch in den nächsten hetzte, war in Helga nichts aufgestiegen, was mit „Lust" zu umschreiben gewesen wäre.

Jetzt las sie: „Dr. phil. Mag. pharm. Hans-Dieter Magenbach." So stand es in sehr klarer, unverschnörkelter Schrift (ach, was gibt´s doch für fürchterliche Visitenkarten!) auf dem Stück Bütten. Und die Anschrift eines bedeutenden Pharmakonzerns, dessen leitender Manager der Herr „Generaldirektor" offenbar war. Und einige Telefonnummern – die der Firma und die private, Autotelefon, Handy ...
Warum ihr dieser Magenbach jetzt einfiel? Warum sie in alten Sachen wühlte, etwa in Bergen von Visitenkarten? Einen ganzen Haufen hatte sie auf den Sekretär in ihrem Arbeitszimmer gekippt.
Helga erinnerte sich ...

TÖTE GUT, ALLES GUT!

„Nein, das ist nicht nachweisbar, wirklich nicht! Das weiß ich!" – „Und du willst es ausprobieren? An einer Erbtante vielleicht?" – „Nein, Helga. Natürlich nicht.

Aber ich sage dir noch einmal: Die Indianer am Amazonas" – „Unsinn!", hatte sie geantwortet, „dazu brauch´ ich keine Pharmazeutin zu sein! Gifte, die sich nicht nachweisen lassen, die gibt es höchstens in schmuddeligen Kriminalgeschichten oder im Film!" – „Glaub es oder glaub es nicht ..." So hatte Hans-Dieter damals das Streitgespräch abrupt beendet. Doch dann hatten sie miteinander geschlafen. Und sie war gegangen. Mit der Phiole im Täschchen. Man konnte nie wissen – vielleicht hatte er doch recht, und sie hätte eines Tages Verwendung für die Tinktur ...
Doch wo konnte die Phiole sein?! Helga war in der Zwischenzeit zwei, drei Mal übersiedelt. Sie hatte jede Menge von altem Zeug weggeworfen; verloren; vergessen; tatsächlich entsorgt. Doch halt. Da war doch ihr kleines höchstpersönliches Versteck im versperrbaren Fach des hübschen Empire-Möbels. Sie nestelte das goldfarbene Schlüsselchen vom Schlüsselring – und offen war die Schatztruhe. Darin: einige der schönsten Fotos – die hatte Ewald gemacht, ein Freund, allerdings ein eher platonischer; ein Säufer vor dem Herrn, aber ein famoser Fotograf. Schöne (fast) künstlerische Aktfotos, und doch irgendwie geil ... Alte Adressen, eine von einem Abtreibungsarzt – von ihrer älteren Schwester und aus der Zeit, als der Eingriff noch verboten war. Der Arzt war vermutlich auch schon seinen Föten gefolgt und ruhte unterm Gras ... Ein Tagebuch. Eine Liste: Was, hatte sie sich damals tatsächlich ihre sämtlichen Liebhaber notiert? Und sogar mit Bewertungen! Donnerwetter! Die Sache musste ihr *noch* mehr Spaß gemacht haben, als sie im Allgemeinen in der Rückschau vermutete!

Während Helga die Liste durchging, im Tagebuch und in ihrer Erinnerung blätterte, rollte plötzlich ein dunkelbraunes Fläschchen, ähnlich den üblichen Parfum-Proben, aber mit geschliffenem Glasstöpsel, über den Tisch. Da war es! Hans-Dieters angeblich nicht nachweisbares Indianergift aus Südamerika. Nicht nachweisbar – das war nun die Frage. Helga war zwar keine Naturwissenschafterin, doch hatte die Philosophie schließlich auch einiges mit Empirik zu tun. Probieren geht über studieren, sagten zumindest die, denen der Zugang zu den höheren Lehren und somit die Spende der höheren Weihen des Geistes versagt geblieben waren. Und die hatten da gar nicht so Unrecht.
Probieren, genau.

Schlafes Vater

Eustach Wald Guldenstein hatte unruhige Nächte hinter sich, wenn man die wenige Zeit, die der Gelehrte im Bett verbrachte, überhaupt mit „Nacht" gleichsetzen konnte. Seite für Seite stieß dafür sein Geist im Gespann mit dem Computer aus, den ihm sinnigerweise das Kollegium zur Hochzeit geschenkt und mit dem er sich erstaunlich rasch vertraut gemacht hatte. Die Rotweinflasche griffbereit, das Kristallglas daneben, war er über der Arbeit oft gar nicht zum Trinken gekommen; ob zum Guten der Abhandlung, betitelt „Umgang mit Xanthippen", oder nicht, bleibe dahin gestellt.

Als der Trank, den Helga für ihren Sokrates gebraut hatte (Schierling zwo?!) und der zu nicht geringem Teil aus Indianergift bestand, auf EWGs Nachttisch stand, schien er nicht anders von Farbe und Konsistenz als das gewohnte Mineralwasser. Ja, selbst sie, die Zubereiterin, wäre beinahe unsicher geworden, ob es nicht tatsächlich *nur* Mineralwasser sei ... Wald Guldenstein schlief – wie gesagt – meist schlecht, und des Nachts überkam ihn des öfteren Durst. So hatte er stets Glas und Flasche parat, sich zu laben, ohne erst aufstehen zu müssen.

Auch Helga hatte ein Glas, allerdings ein leeres Glas, auf dem Nachttisch stehen. Seit sie, als Folge der immer ärger werdenden Auseinandersetzungen durch Blicke und Gesten, denn zu Aussprachen kam es – wir erwähnten das schon – zwischen den beiden längst nicht mehr, als sie also getrennte Schlafzimmer bezogen hatten, gab sich Helga abends, nach den Fernsehspätnachrichten, gewöhnlich fast exzessiv der Lektüre hin. Ein Stapel von Büchern und Fachzeitschriften umrahmte ihr Bett. Philosophisches überwog bei weitem, aber auch ein paar Kunstbücher lugten unter den Schmökern hervor. Irgendwo lag sogar ein Kriminalroman herum, in dem es jedoch nicht um Giftmord ging.

Heute war sie schon ins Bett gestiegen, während EWG noch in seinem Arbeitszimmer an der Korrektur eines Artikels arbeitete, den er einem Freund und Kollegen für die „Heidelberger Philosophische Rundschau" versprochen hatte. „Toleranz und Schwäche – Über die Bipolarität in der heutigen Politik und deren Auswirkung auf den Alltag in deutschen Kindergärten" lautete der etwas umständliche Titel.

Warum Helga sich tatsächlich geirrt und, als sie Eustach das präparierte, sich ein normales Mineralwasser

hinstellen wollte, die Gläser vertauscht hatte, wird wohl für immer ein Geheimnis bleiben. Fest steht: Sie hatte aus dem eigentlich für ihren verhassten Mann bestimmten Glas getrunken, in dem von ihr zuvor und mit peinlicher Genauigkeit Mineralwasser mit dem famosen alten Indianergift vermischt worden war. Ausgiebig. Ja, das Glas war leer. Oder sollte der Irrtum doch auf die Wirkung der Flasche schweren Bordeaux-Weins zurückzuführen sein, den sie nach dem Nachtmahl getrunken hatte? Wir möchten an eine so banale Möglichkeit *einfach* nicht glauben.
Egal, wie auch immer. Sie war tot. Was zudem bewies, dass Indianergifte vom Amazonas kein Ablaufdatum kennen.

Immer dieser Tod!

Dem alten Gelehrten fiel das Vorgefallene durch den Umstand der getrennten Schlafzimmer natürlich längere Zeit nicht auf. Am nächsten Morgen freilich merkte EWG, dass etwas im Haus nicht stimmte. Immerhin pflegte ihm seine Gattin das Frühstück zu bereiten, bevor sie zur Schule fuhr. Er stieg aus dem Bett, öffnete die Zimmertür und trat auf den Gang der einstöckigen Villa. *Jetzt* sprach er zu seiner Frau. „Helga!", rief EWG. Und nochmals: „Helga?!" Doch keine Antwort.
Er öffnete ihr Zimmer – und sah sie. Sie schien tot zu sein. Er spürte es mehr innerlich, als er es erfassen konnte. Schließlich fühlte er ihre Hand. Kalt.

Sollte er sich freuen? Sie hatten einander in letzter Zeit doch permanent Böses angetan. Und doch: Es schlich

sich so etwas wie Trauer bei dem greisen Gelehrten ein. Er verständigte Hausarzt, Rettung, Polizei und Rechtsanwalt, so dass in der Folge ein ziemlicher Wirbel in der sonst so stillen Villa entstand. In diesen platzte dann auch noch die Haushälterin, die Tags zuvor dienstfrei gehabt hatte.
In der Stadt gab´s alsbald – das „Hallo“.

Nachtrag I

EWG philosophiert weiterhin seine Thesen rund um die „Onto-Toleranz“. Sie sollen sich, sagen intime Bekannte des Philosophen, jedoch immer wirrer lesen. Die Arbeit an der Abhandlung „Umgang mit Xanthippen“ nahm er nicht wieder auf, das Manuskript fand sich seltsamerweise Wochen später in meinem Postkasten. Wer es ihm entwendet und mir zugespielt haben könnte, weiß ich nicht. Vielleicht ediere ich das Fragment eines Tages – als Gedenkschrift, wenn auch EWG in die ewigen Jagdgründe eingegangen sein wird ...

Apropos ewige Jagdgründe: Prof. Schmuck hat sich bald nach Helgas Heimgang mittels Auto gegen Betonwand verabschiedet. Für Schmucks Studiosi war sein Abgang kaum Grund zu besonderer Trauer. Er war ihnen nicht sonderlich ans philosophieträge Herz gewachsen. Er war auch kein EWG, nicht wahr?! Nur ein paar Dissertanten sahen sich gezwungen, einen neuen Doktorvater zu suchen, auf dass er sie gewissermaßen „adoptiere“.

Ja, der „Heimgang“ Helgas war tatsächlich ohne nachweisbare Spuren vor sich gegangen; allerdings fand auch keine diesbezügliche Untersuchung statt, da die junge Frau, laut Hausarzt Dr. Adalbert Distler, schon längere Zeit an einem chronischen Herzleiden laboriert hätte. Und wer wollte angesichts Helgas Tod auch schon auf Indianergift tippen?!

Manchmal besucht Eustach Wald Guldenstein sogar den gelehrten Stammtisch im „Silbernen Ochsen". Von dort bringt ihn meist einer der jüngeren Kollegen nach dem Zechgelage heim. Damit er sich nicht am Ende verlaufe. Man kann ja nie wissen.

Nachtrag II

Die Toleranz ist nur so lange von Wert, als sie einen positiven Sinn erfüllt. Dieser positive Sinn kann im Leiden wie im Leidzufügen begründet sein. Wenngleich das Leidzufügen moralisch (quasi: *absolut moralisch*) verabscheuungswürdig sein mag. Die Philosophie, wie sie sich in der „Onto-Toleranz" zeigt, erkennt jedoch *a priori* keine Moral an. Und leugnet jeden moralischen Anspruch.
Wie ein Masochist durch einen Sadisten Freude empfinden kann, indem dieser jenem freudvoll Schmerzen zufügt, die jener freudig empfängt, ist dem Phänomen Toleranz keineswegs mit sogenannten Moral-Regeln beizukommen.

Und als letzte Maxime lässt sich – *nolens, volens* und ganz im Sinn Eustach Wald Guldensteins – daraus folgern: *Es wäre intolerant, Intoleranz nicht zu tolerieren.*

DER PIANIST

Erzählung

„Er spielt schon wieder!“
„Also ist er besoffen!“
Das Ehepaar Eipeldauer war sich wieder einmal einig.
Bei Doktor Nestelbachers zitterte gar der Lüster.
„Ein Phänomen, der alte Wammek“, dröhnte der rotgesichtige Mediziner, einen Sherry vor sich im Glas. „Müsste längst schon unterm Rasen sein: mit seiner werten Leber ...“
„Du meinst: mit seinen Leber-Werten, Papa?!“, kicherte Agathe Nestelbacher, die etwas altjungferlich wirkende Tochter des pensionierten Medizinalrats – und selber Zahnärztin. Und Junggesellin.
Bei den beiden Studentinnen in der Wohnung neben den Doktors wackelte zwar kein Kronleuchter. Aber der Himmel des weiß überzogenen Himmelbetts von Irene und Marianne vibrierte gewaltig. Doch konnte dieses Vibrieren auch andere Gründe haben.
In der im Erdgeschoss gelegenen Wohnung des Hausmeisterehepaares Zawadil hörte man zwar kaum etwas von der – zugegeben – lauten Klaviermusik, die da der Mieter Stefan Wammek zu nachtschlafener Zeit von sich gab; doch hatten die Zawadils ohnedies die Nase voll in Bezug auf den (mehr oder weniger) ständig betrunkenen Pianisten.
„Ein Pianist mit nur einer Hand ... Das ist doch gar kein Pianist?!“, pflegte Franz Zawadil, sonst in Kunstfragen kein Experte, zu bemerken, kam die Rede auf Stefan Wammek und seine nächtlichen Ausschreitungen.

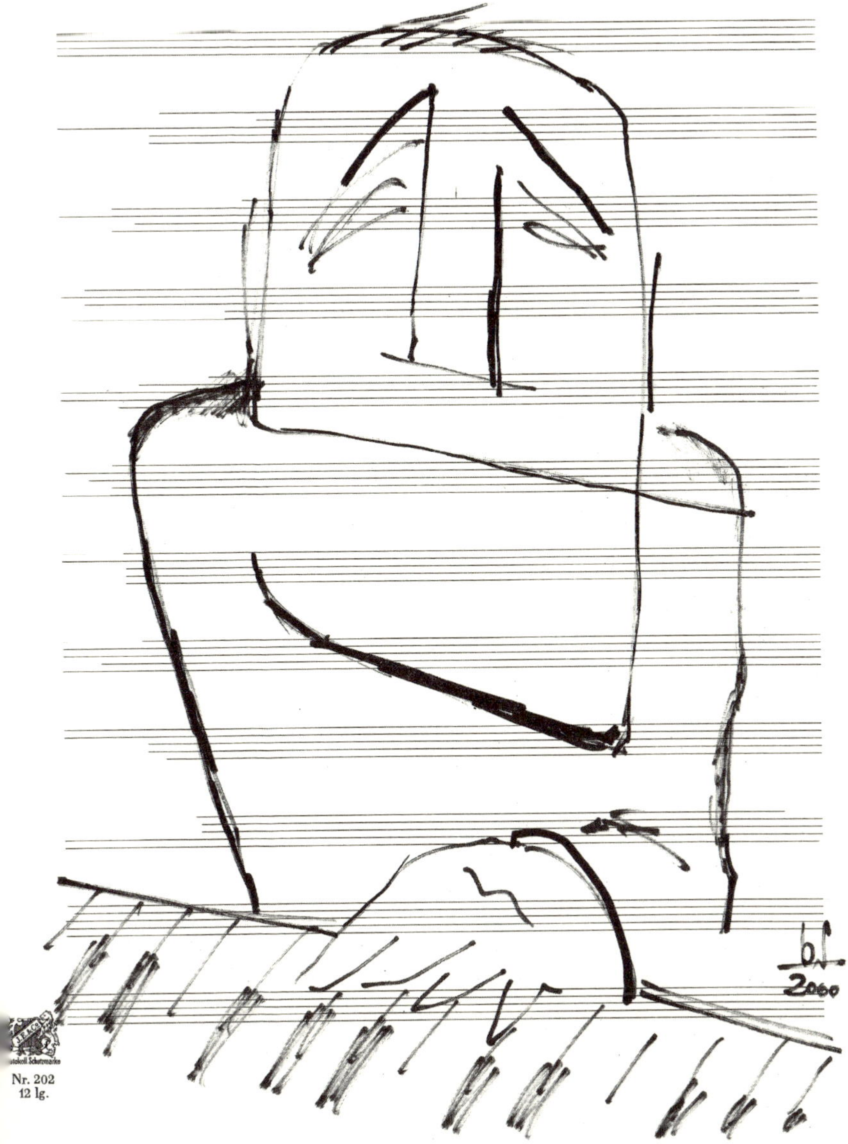
2000
Nr. 202
12 lg.

„Genau. Zum Klavierspielen gehören eben zwei Hände!", pflichtete bei solchen Gesprächen Gattin Erika bei.

#

Wammek. Sein Name stand noch immer auf den Plakaten. Groß, große Lettern jedenfalls ... Allerdings – die Plakate, die hingen ausschließlich in seiner kleinen Wohnung. Denn der „hoffnungsvolle Nachwuchspianist", wie ihn ein Kritiker vor mehr als fünfundzwanzig Jahren tituliert hatte, konnte nach einem Autounfall, bei dem er der rechten Hand verlustig gegangen war, nur mehr als – sozusagen – arbeitsunfähig gelten.
Dabei hatte alles so viel versprechend angefangen.
Von den Eltern durchaus gefördert – waren doch beide am Theater gewesen: die Mutter Balletteuse, der Vater Schauspieler –, hatte sein Klavierstudium, zur Freude der Lehrer, optimal begonnen. Und bald erfreute er nicht nur Eltern, Verwandte und Freunde bei Vorspielabenden, erst des Konservatoriums, später der Musikhochschule. Er trat, rasch diplomiert, mit knapp zwanzig schon im größten Saal der Stadt und gemeinsam mit dem durchaus gut beleumundeten Opernorchester solistisch auf.
„Ein neuer Stern am Pianistenhimmel!" – „Einer, von dem wir noch viel erwarten dürfen!" – „Den Namen muss man sich merken!" So oder ähnlich fand Stefans Leistung auch Anerkennung in der Lokalpresse und sogar im regionalen Rundfunk.
Doch der Autounfall – ein Freund hatte chauffiert, angeduselt nach einer postkonzertanten Feier für Jungstar Stefan –, der Unfall also machte einen Strich durch

die Künstler-Rechnung. Aus. Mit der linken Hand allein kann man schwer Klavier spielen.
Ja, es gab da in der Musikgeschichte immer wieder einmal Hinweise auf verunfallte Pianisten, für die, deren Gebrechen berücksichtigend, sogar bedeutende komponierende Zeitgenossen Werke verfasst hatten.
Aber Stefan Wammek kannte keine bedeutenden Komponisten, die für seine linke Hand schreiben wollten. (Mit dem Stummel, zu dem sein rechter Arm geworden war, hätte er ohne Zweifel hübsche Cluster zusammengebracht. Aber ein Cluster macht noch keinen Pianisten-Sommer ...)
Also soff Stefan Wammek. Nun schon über zwei Jahrzehnte. Denn ein Glas konnte man auch mit der Linken lüpfen. Sogar das Öffnen einer Flasche mit Kronenkorken war bald kein Problem mehr für ihn.

##

Nächtliche Konzerte. Das Phänomen ist ja in der Medizin bekannt: Menschen, denen Glieder amputiert worden sind, spüren dieselben unter bestimmten – Wetter- oder psychisch bedingten – Umständen; so, als wären die abgetrennten Teile noch dran. Dieser Phantomschmerz imaginiert das Vorhandensein von Hand oder Fuß, macht den Verlust also für kurze Zeit gleichsam ungeschehen.
Bei Stefan Wammek verhielt sich die Sache freilich anders. Er behauptete in den umliegenden Wirtshäusern, die er besuchte (etwas Geld hatte er von den verstorbenen Eltern geerbt, eine kleine Rente sorgte zudem fürs Nötigste), also, er behauptete: „Wenn ich betrunken bin – nicht ganz, aber gerade richtig –, dann

wächst sie mir nach, meine verloren gegangene rechte Hand!"
Alle lachten – oder zumindest anfänglich lachte man.
Indes, wenn Wammek spielte – er tat es fast ausschließlich nachts und immer sehr betrunken –, hatten nicht selten auch seine darunter leidenden Wohnungsnachbarn das Gefühl, hier malträtiere nicht bloß *eine* Hand den alten Bechstein-Flügel: Dem Klang nach müssten es tatsächlich *zwei* Hände sein.
Anfangs, mein Gott, wer ist schon so kompetent, war den Hausbewohnern bloß die laute Musik auf die Nerven gegangen. Doch Nachbar Kuchler, ein pensionierter Musikprofessor, hatte es einmal ausgesprochen: „Der Wammek sieht, wenn er säuft, nicht doppelt: Er spielt doppelt! Und – zweihändig!"
Daraufhin besser aufpassend, hatten auch einige der anderen Mieter anlässlich neuerlicher Rauschkonzerte herauszuhören geglaubt, dass da tatsächlich zwei Hände in die Tasten dröschen.
Also musste Stefan Wammek wohl einen Besucher mitgebracht haben. Denn verheiratet oder sonst wie gebunden war er nicht; er lebte allein in seiner bescheidenen Wohnung. Ja, und dieser Besucher war vermutlich ebenfalls Pianist. (Die Möglichkeit einer ihn besuchenden Pianistin schloss man aus.)
„Vielleicht frequentiert den Wammek einer, dem die linke Hand fehlt", spottete Medizinalrat i. R. Doktor Nestelbacher.
„Aber, Papa ...", tadelte kichernd Doktor Agathe Nestelbacher.
Später jedoch verdächtigte man Fritz M. Kuchler, den Ex-Musikprofessor und Nachbarn, der Mittäterschaft.
Doch Wammeks vierhändiges Spiel im Suff erklang

auch weiterhin, nachdem Kuchler vor einigen Monaten vom Schlag dahingerafft worden war. Und jemand anderen als Wammek selbst sah niemand in die Wohnung gehen oder aus der Wohnung kommen; obwohl die ganze Hausgemeinschaft nunmehr nicht nur hellhörig, sondern auch scharfsichtig geworden war.

###

„Es ist nicht mehr auszuhalten!"
„Ja, was zuviel ist, ist zu viel!"
Das Ehepaar Eipeldauer war sich in letzter Zeit immer häufiger einig.
Und der Lüster im Salon der Vierzimmerwohnung der Doctores Nestelbacher zitterte immer öfter.
„Ein Phänomen, dieser besoffene Trottel", flüsterte der Medizinalrat i. R. in Richtung Decke.
„Eine Schande", fügte die altjungferliche Doktor Agathe hinzu und drehte den Fernsehapparat lauter, um sich so – mittels gerade ertönender Western-Film-Musik – der Alkohol-verfremdeten „Mondschein-Sonate" zu entziehen.
Bei Irene Zederbaum und Marianne Grain zitterte das Himmelbett. Obwohl die beiden Lesben gerade nicht zärtlich zu Werk waren.
„Schauderbar", flüsterte Irene und versuchte, sich die Decke über die Ohren zu ziehen.
„Ich find´s einfach wundervoll", erwiderte Marianne, „wie der Wammek sich da eine Hand wachsen lässt. Frau kann nie genug Hände haben ..."
Da zog sich Irene die Decke allerdings wieder von den Ohren.
„Morgen redest du mit dem Hausherrn, Franz!", befahl die Hausmeistersgattin Zawadil. Und ihre Locken-

wickler glänzten Furcht erregend im Licht der ins Schlafzimmerfenster scheinenden Straßenbeleuchtung.
„Ja, Erika! Ich werd´ gleich in der Früh den Doktor Hermesthaler anrufen! Dann soll er ein Machtwort sprechen ...!"

####

Nächtliche Konzerte. Die können ihren Reiz haben! Eine Serenade, zum Beispiel, bei deren Klängen man sich leicht vorstellen kann, dass ein Verliebter vor dem Fenster der Angebeteten leise die Laute schlägt ... Ein Mondlicht durchwirktes Nocturno, sogar das eines spätbarocken Anonymus ... Oder gar die „Kleine Nachtmusik" ... Aber, bitte doch nicht Beethoven, Chopin et cetera nächtlich falsch und laut! Eine Nacht mit Wammeks Konzerten war eigentlich keine Nacht. Ob mit einer oder mit angeblich zwei Händen – das war schon eher ein Martyrium.
Dabei schien es dem einhändigen Künstler, der so zweihändig bei der Sache gewesen war, am nächsten Tag irgendwie unangenehm zu sein, seine Nachbarn drangsaliert zu haben. Ja, es kam sogar vor, dass er der Frau Doktor Nestelbacher einen Blumenstrauß überbrachte, der es an Üppigkeit mit seinen nächtlichen pianistischen Ausfällen durchaus aufnehmen konnte. Den Eipeldauerischen verehrte er sogar einmal eine riesige Bonbonniere. Oder er schenkte dem lesbischen Pärchen eine Compact-Disc – natürlich mit Klassischem! Ja, sogar dem Hausmeisterpaar erwies er reuige Reverenz, indem er Erika und Franz Zawadil beim nächsten Wirt auf ein paar Viertel einlud. Was freilich nicht selten ein noch lauteres Konzert in der kommenden Nacht begründen half.

Und allen, die es hören wollten (und auch denen, die nicht), erzählte Wammek die Geschichte von seiner im Suff wieder erstehenden rechten Hand.
„Wirklich, Sie müssen mir glauben! So unverständlich auch mir das alles ist: Sie wächst dann! Ja!" Und er nahm einen kräftigen Schluck vom Rotwein und stürzte einen großen Slibowitz hintendrein.
„Erst mach´ ich den Deckel vom Flügel ganz auf."
„Das hört man wohl, dass der Bechstein geöffnet ist!" rief meist irgendeiner der Gebildeteren in der Runde. Und alle lachten.
„Das ist für mich – mit nur einer Hand! – schwierig genug! Das könnt ihr mir glauben!" Zur rothaarigen Kellnerin gewandt: „Hanni, noch ein Viertel Zweigelt und einen doppelten Slibo!"
„Und was passiert dann genau?", fragte nicht selten ein Fremdling am Tisch, dem die wundersame Rückkunft von Wammeks verlorener rechten Hand noch nicht geläufig war.
„Also, ich ..., ich setze mich ans Klavier –"
„So, das Viertel und der Schnaps." Hanni nahm weitere Bestellungen entgegen und verschwand mit den leeren Gläsern in Richtung Theke.
„Also, dann", Stefan Wammek nahm einen Zug vom Wein, „dann beginne ich zu spielen. Und da ..., da ist sie plötzlich! Ja, da ist sie wieder da, meine rechte Hand! Und sie spielt ...!"

#####

Wammek. Auf Wammeks Nachtkästchen, neben meist leeren Flaschen, lag eine 38er-Smith & Wesson. Irgendwann hatte er sie jemandem abgekauft. Sie war ge-

laden. „Für alle Fälle“, sagte er mitunter – und gerade, wenn im Wirtshaus der Stimmungspegel hoch war.
„Wenn meine Depressionen zu stark werden ...“, fuhr er sinnend fort. (Und wenn die Pulver der Frau Doktor Nestelbacher gar nicht mehr wirken ..., dachte er für sich.)
„Dann ...“ Er trank, erzählte er die Revolver-Geschichte, zumeist hastig aus, bestellte von neuem ...
„Aber – ich schaffe es nicht, glaub´ ich ... Versteht ihr? Die 38er hat ihr Gewicht. Und ich bin Rechtshänder ..., wenn auch ohne rechte Hand ...“
„Und mit der Linken?“, warf ein besonderer Gemütsmensch ein.
„Nein, mit der Linken schaff ich´s nicht, glaub´ ich ...“

######

Wammek. Ein Schuss zerreißt das diesmal besonders laute Spiel. Nein: Eigentlich hat das Klavier-Inferno zu zwei Händen knapp vor dem Schuss ausgesetzt, werden die Zeugen, ihre Eindrücke rekapitulierend, übereinstimmend später zu Protokoll geben.
Stefan Wammek sitzt halb vor, halb liegt er über dem geöffneten Bechstein.
Pochen an seiner Tür. Nachbarn.
Hört er es noch? Nein. Wammek ist tot.

#######

„Klar“, sagt Kommissar Knilch, „ganz klar: Selbstmord. Also, für mich – eindeutig.“
„Kann nur so gewesen sein“, pflichtet Assistent Paulaner dem Chef bei. „Gibt absolut keine Spur von irgendeiner Fremdeinwirkung ...“

„Moment", schaltet sich Polizeiarzt Doktor Anselmi ein. „So schnell schießen die Preußen nicht ..."
„Er war Österreicher", setzt Paulaner etwas unbedacht, aber eifrig dagegen.
„Ach ..., Paulaner!", seufzt Kommissar Knilch, zum Himmel blickend.
„Also", fährt Anselmi fort, „wenn es Selbstmord war, dann muss mir erst jemand erklären, wie der technisch vor sich gegangen sein soll!"
„Wie? Kein Selbstmord?" Knilch schaut nicht gerade überintelligent erst zu Anselmi, dann zur Leiche des einst begnadeten Tastenvirtuosen und späteren nächtlichen Ruhestörers.
„Also, die 38er da, die zweifelsohne die Tatwaffe ist, kann der Gute, dem ja die rechte Hand fehlt, mit der Linken schwerlich an die rechte Schläfe geführt haben. Denn dazu ist die Waffe zu schwer, der Lauf überdies zu lang ... Aber, was rede ich? Darüber sollen sich unsere Ballistiker den Kopf zerbrechen!" Der Polizeiarzt schloss seine Tasche.
„Ja, aber wie ist es dann möglich, dass ...?" Knilch lässt die Frage offen.
„Was weiß ich ... Außerdem: Bin ich der Kommissar ...?! Du wirst es schon herausfinden, Gert."
„Aber, was ..., was glaubst du?" Knilch scheint ratlos.
„Ja, Doktor Anselmi, bitte!" Paulaner übertrifft seinen Chef an Ratlosigkeit.
„No", Anselmi zögert mit der Antwort. „Also, als Wammek schoss, da hatte er eine rechte Hand ..."

– ♭ –

DER FEUERLÖSCHER

Eine heiße Story

Wer glaubt, aus ganz alltäglichen Situationen heraus mit ebenso alltäglicher Gerätschaft könnten sich keine erstaunlichen Geschichten ableiten, der irrt. Das Außergewöhnliche fußt geradezu im Gewöhnlichen; ohne den tagtäglichen Trott, der uns tagtäglich zum Trottel zu machen versucht, gäbe es das Ereignishafte erst gar nicht. Und dies nicht nur, weil wir es kaum bemerken würden – allein schon der Nichtzauber bereitet dem Zauberischen den Weg. Und kleinste Ursachen ergeben oft die größten Wirkungen. Weil sie so gänzlich unerwartet und weil sie letztlich als Außergewöhnliches getarnte Alltäglichkeiten sind ...
Zum Beispiel ein verheerender Brand in einer Kunstgalerie. So etwas sorgt für einiges Aufsehen. Aber was war der Grund? Brandneue Kunst? Ein achtlos weggeworfener Zigarettenstummel? Die Vorsehung? – Betrachten wir den Fall doch näher.

A) Die Zeitungsmeldung

Brand in Grazer Galerie: Katastrophe trotz Feuerlöscher

Kunst – einmal brandheiß!

Ein weggeworfener, noch glühender Zigarettenstummel dürfte nach bisherigem Stand der Ermittlungen die Ursache für den verheerenden Brand gewesen sein, der in der Nacht auf Freitag die bekannte Grazer Galerie XY zu einem Raub der Flammen machte. Bis

EUER
SCHER
ODER
LÖSCHEN?
HILFE
2000

spät in die Nacht hatte die Vernissage zur Ausstellung des viel beachteten Künstlers Soundso aus Dortunddort gedauert. Ein vermutlich alkoholisierter Vernissagenbesucher dürfte durch einen achtlos fallen gelassenen Zigarettenstummel einen Schaden angerichtet haben, der in die Millionen Schilling geht. Zwar waren die Objekte und Bilder des selbst nicht anwesenden Soundso hoch genug versichert, der Schaden an Gebäude und Galerie jedoch scheint ungedeckt.
Ein Feuerlöscher, der, vorschriftsmäßig im Hauptraum der Galerie stand, erwies sich als defekt. Pikantes Detail am Rand: Der für seine avantgardistischen Installationen bekannte Künstler hatte unter anderem auch einen Feuerlöscher als Kunstwerk ausgestellt. Doch den getraute sich selbstverständlich niemand, auch die rasch alarmierte und eingetroffene Feuerwehr nicht, zum Löschen einzusetzen. Wie von Soundso zu erfahren war, hätte sein Feuerlöscher aller Wahrscheinlichkeit nach funktioniert.

B) Der Feuerwehrmann

Als wir uns in Stärke von sechs Mann, von der Feuerwachzentrale kommend, am Brandplatz einfanden, bot sich uns ein Bild von mehreren Bildern, die alle glosten. Inmitten des größten Raumes stand ein Feuerlöscher, doch da er ein Schild mit der Beschriftung „Feuerlöscher" neben sich stehen hatte, stutzten wir. Dann sahen wir einen zweiten Feuerlöscher. Wir versuchten, mit Hilfe des Feuerlöschers zu löschen, was jedoch, weil der Feuerlöscher nicht funktionierte, nicht funktionierte. Als nach einiger Zeit alles abgebrannt war, bemerkten wir, dass auch der Feuerlöscher mit dem Schild „Feuerlöscher" abgebrannt war. Wir rückten dann wieder ein. Unser Einsatz dauerte somit von 2.43 Uhr bis 4.23 Uhr. Der Sach- und Personalaufwand wird durch den Umstand erhöht, dass wir eine Zwischentür mittels Hacke öffnen mussten.

C) Die Galeristin

An sich war es, bitte, eine Ausstellung wie viele andere. Schön, aber, bitte, meine Ausstellungen sind immer schön – da können Sie die Künstler fragen und die Gäste, bitte! Auch Soundso war vorher schon Gast bei mir ... Ich war ja vor Jahren, im „steirischen herbst", eine der Ersten, die auf Soundso aufmerksam gemacht hat. Seine Installationen bei der „documenta" in Kassel und bei der „Biennale" in Venedig haben, bitte, in mir den Wunsch, den heißen Wunsch geweckt, ihn wieder einmal in meiner Galerie zu haben. Dieser brennende Wunsch ist jetzt zwar in Erfüllung gegangen – aber so ... Ich bin, wenn ich´s recht überlege, verzweifelt, ja, bitte! Klar, die Versicherung wird dem Künstler seinen Schaden ersetzen, so weit das, bitte, bei Kunst überhaupt möglich ist. Aber ich, ja, ich bin ruiniert. Die Galerie ist am Ende, bitte. Wenn ich nur wüsste, wer die blöde Zigarette geraucht hat. Also, den, bitte, den würd' ich nie wieder einladen!

D) Der Nachbar

Ja, ich hab´s als Erster bemerkt! Man kann ja eh nicht schlafen, wenn da Ausstellungen eröffnet werden! Aber so laut war´s noch nie! Die modernen Künstler und die Leut´, die sich die moderne Kunst anschauen, die spinnen ja! Ein Feuerlöscher als Zentrum einer Kunstausstellung! Dass i net lach´! Also, zu meiner Zeit, früher, da hätte es so was wohl nicht gegeben! Entartet direkt! Entartet! Ja, früher, da hat man Bäume gemalt – gut, die brennen vielleicht auch ... Aber man hat auch das Meer gemalt – und das löscht! Überhaupt, man hat so gemalt, dass sich der Betrachter was hat vorstellen können d´runter. Bewundern hat man diese Bilder können! Heute? Heute kann man sich höchstens wundern über diese Bilder! Recht g´schieht´s der Frau XY! Was stellt sie auch einen Feuerlöscher aus?! Selbst schuld!

E) Die Eintragung

Kunstlexikon, Bd. 23, Sp. 2, li./unten:
„Feuerlösch-Aktion": Eine von Soundso initiierte freie Aktion am Soundsovielten in Graz. Anhand eines nicht-künstlerischen, „echten" Feuerlöschers, der jedoch funktionsuntauglich ist, und eines zum Kunstwerk erklärten, löschtauglichen, jedoch nicht zum Löschen herangezogenen Feuerlöschers definiert Soundso den Kunst-Raum neu. Die Aktion (A) geht von einem zufälligen und nicht mit dem künstlerischen Akt zusammenhängenden Geschehen aus (B) und führt zur Vernichtung der Kunst (C).

F) Die zweite Zeitungsmeldung

Kultur: Soundso auf neuen Wegen
Eisige Zeiten

Wie aus dem Atelier des renommierten Objektkünstlers Soundso bekannt wird, hat der Maler, Grafiker und Installationsgestalter nunmehr eine künstlerische Trendkehr vollzogen. Nach der Feuerphase, die durch Verwendung glimmender Materialien und Feuerlöscher gekennzeichnet war, wendet sich Soundso nun Experimenten mit Kühlschränken und Eismaschinen zu. Die weitere Entwicklung ist freilich noch offen.

DA WAR DANN NOCH ...
Skurriles in Kürzestfassung

Da war dann noch der Porträtzeichner. Der konnte Personen, Gegenstände, Tiere *et cetera* abzeichnen, auch wenn sie sich hinter einem mit Netzvorhang verhängten Fenster befanden.
Diese Fertigkeit trieb den Zeichner dazu, seine Kunst auch bei lichtundurchlässigen Fenstern zu erproben. Und siehe da – es elang!
Nunmehr zeichnete der Porträtist vorwiegend Menschen und Dinge, die durch mehrere Meter dicke Wände von ihm getrennt waren. Oder in dunkelster Nacht.
Schließlich aber wurde er der Hexerei bezichtigt – und auch überführt.

***

Da war dann noch der eitle Reiche, der nicht wahr haben wollte, dass ihm sein Spiegelbild abhanden gekommen war. Also bezahlte er einen Doppelgänger dafür, dass sich dieser als Spiegelbildersatz in einen leeren Spiegelrahmen stellte.
Doch gab es bald Streit, da der Reiche vom Spiegelbild verlangte, es solle ihm etwas bezahlen, nicht länger umgekehrt. Denn wie er, der Reiche, verfüge ja auch das Spiegelbild nunmehr über ein Spiegelbild. Und da er immerhin der bedeutende Reiche, der im Spiegelrahmen jedoch bloß sein Angestellter sei, zöge dieser doch wesentlich mehr Gewinn aus der spiegelnden Begegnung.

HEISS!
2002
DA WAR DANN N

So löste man schließlich das Dienstverhältnis, was für den als Spiegelbild Fungierenden nicht weiter von Nachteil war, da er ohnedies über ein normales Spiegelbild verfügte und den vor dem Spiegelrahmen posierenden Reichen nur ungern angesehen hatte.

***

Da war dann noch der Mann, den die barsche Vorgangsweise des Flugzeugentführers und die durch den Terroristen verursachte Verzögerung seiner Reise derart verärgert hatten, dass er – mehr aus Zeitnot als aus Gesinnung heraus – den Flugzeugpiraten kurzerhand mittels Handkantenschlags außer Gefecht setzte. Als der von allen zunächst als mutig gelobte Mann mit dem die Ermittlungen nur mäßig rasch durchführenden Polizeikommando ähnlich zu verfahren sich anschickte, stieß er erstaunlicherweise auf weit weniger Verständnis. Kurz und gut: Er verpasste seinen wichtigen Termin, dessen Einhaltung ihn zur als heldenhaft gepriesenen Tat motiviert hatte, schließlich um Monate.

***

Da war dann noch die Melodie, die ganz leise aus einem Haus mit einem erleuchteten Fenster tönte.
Sie stieß durchwegs auf Ablehnung.
Denn helle Fenster blenden mitunter.

***

Da war dann noch der Frager, der sich unbeliebt machte dadurch, dass er allen Ernstes Auskunft haben wollte, die Frage betreffend, wer denn nun tatsächlich die Binsen zu den Trägern der Weisheit gemacht habe.

***

Da war dann noch die Köchin, die tagtäglich die Suppe viel zu heiß werden ließ. Da sie auch selbst servieren musste, verbrannte sie sich des Öfteren die Finger. Und als einerseits immer mehr Gäste die Siedetemperatur der Suppe beanstandeten, andererseits sie selbst sich eines Tages sogar arge Brandblasen an den Fingern zugezogen hatte, beschloss sie, die Suppe fürderhin mit Asbest-Handschuhen zu servieren.

***

Da war dann noch ein Mann, der – glaubend, es läge ein Einbrecher unter seinem Bett – zehn Jahre hindurch selbst unter dem Bett schlief, um so die Situation besser im Griff zu haben.
Erst im elften Jahr, als er eines Nachts auf die Toilette musste, gewahrte er mit Entsetzen, dass ein Einbrecher auf seinem Bett lag.

***

Da war dann noch der Sittenstrolch, der sich stets in öffentlichen WC-Anlagen für Damen aufhielt. Man wusste von ihm, doch konnte verständlicherweise kein Mann etwas gegen ihn unternehmen: Er hätte es ihm ja gleich tun und das Damenklo betreten müssen. Der Unhold soll über zwanzig Jahre tätig gewesen sein. Sagt man.

***

Editoriale Hinweise

„Ich glaube, dass es Isidor gut geht“: Graz, 1994/95

„Der Abfluss“: Graz, 1997

„Santorini-Connections“: Santorin, 1995

„Obrigado – obrigada“: Albufeira, 1994

„Eine Frage der Optik“: Graz, 1995

„Tschaikowskys erstes Klavierkonzert ...“: Graz, 1995

„Umgang mit Xanthippen“: Graz, 1995

„Der Pianist“: Graz, 1995

„Der Feuerlöscher“: Graz, 1989/Bearbeitung: 2000

„Da war dann noch ...“: Graz, 1979/Bearbeitung: 2000

Die Illustrationen wurden vom Autor im Februar und März 2000 geschaffen.